·全民微阅读系列·

与梦同行

林美兰 著

江西高校出版社

图书在版编目（CIP）数据

与梦同行 / 林美兰著. — 南昌：江西高校出版社，2017.11（2021.1重印）
（全民微阅读系列）
ISBN 978-7-5493-5049-0

Ⅰ. ①与… Ⅱ. ①林… Ⅲ. ①小小说—小说集—中国—当代 Ⅳ. ① I247.82

中国版本图书馆 CIP 数据核字（2017）第 017589 号

出 版 发 行	江西高校出版社
社　　　址	江西省南昌市洪都北大道 96 号
总编室电话	（0791）88504319
销 售 电 话	（0791）88592590
网　　　址	www.juacp.com
印　　　刷	永清县晔盛亚胶印有限公司
经　　　销	全国新华书店
开　　　本	700mm×1000mm 1/16
印　　　张	14
字　　　数	160 千字
版　　　次	2017 年 11 月第 1 版 2021 年 1 月第 2 次印刷
书　　　号	ISBN 978-7-5493-5049-0
定　　　价	45.00 元

赣版权登字 -07-2017-59

版权所有　侵权必究

图书若有印装问题，请随时向本社印制部（0791-88513257）退换

目录

第一辑　与梦同行 / 1

混血女郎 / 1

寒夜星光 / 5

后备箱 / 8

备胎 / 12

婚姻大有玄机 / 15

柿子熟了 / 18

美容 / 21

第二次站起 / 24

曲终人何归 / 28

爸爸心中那小孩 / 31

幸福没有那么贵 / 35

幸福没有那么累 / 38

幸福没有那么难 / 41

红脚盆 / 44

回家 / 47

顶尖化妆术 / 51

并蒂的红白玫瑰 / 54

阳光下的美人腿 / 57

拼爹 / 61

情人节 / 64

等你，在桥头 / 67

为他人着想的善良 / 71

"皇帝甘"的味道 / 74

未来将军的妈妈 / 78

给人类的一封信 / 81

离婚协议 / 84

小偷日记 / 87

道德模范 / 91

你等等身后的灵魂吧 / 94

哦，原钻 / 98

第二辑　大　厨 / 102

黑猫白猫 / 102

老师傅 / 106

如果樱花不再是樱花 / 109

满意 / 112

大厨 / 115

皇帝都帮不了你 / 119

金色吉祥物 / 122

融雪杜鹃 / 125

尊严 / 128

生命里的烛光 / 132

较真 / 135

你是一片海 / 138

家属急事短信 / 142

差点丢掉了幸福 / 145

千斤顶 / 149

桥啊，桥 / 152

蟒松 / 155

拆迁死魂灵 / 159

北京啊，北京 / 162

闪婚 / 165

人啊，人 / 168

错位 / 171

夸 / 174

聚会 / 178

吕后之玺 / 181

老兵不会死去 / 185

瞄准 / 188

糊涂脸水聪明枕 / 191

无功受禄要红包 / 195

工会主席 / 199

航 / 202

扶门 / 205

凌丁老爷爷 / 208

水，源源流出 / 211

试药 / 215

第一辑　与梦同行

那天，我突发奇想，又去"潘多拉饭店"。"潘多拉饭店"已在什么时候改成"雅典娜酒店"了。我对大堂微笑着说，对不起！要说嘛，美人是上天给我的珍贵的馈赠。本来我很欣赏这位大堂经理的美丽，别人也往往是慕美而来的：她既有亚裔的妩媚精致，又有欧美血统的妖艳撩人。只见她眼红红的，就像一个人随便说出句话，却在另一个身上掀起了惊涛骇浪的"瀑布效应"，突然羞涩一笑：谢谢光临。你们任意挑选套餐还可以得到优惠的。

听得出不再是从牙缝里挤出的话。犹如一阵穿透骨头的轻轻抚摸，令我舒服极了。

混血女郎

安娜赶来喊，文斌，只要有可能，人人都会成为暴君的。你别……我想也是，别伤身体，也别失去做男人的风度。只得责骂女店员：有时我和我的亲戚们言行也变得粗俗，是和你们恶劣的态度分不开的。

安娜小声说重话，人啊，保护自己但不要伤害他人。又莞尔一笑对女店员说：对不起。

美人一张口，就使人呲牙咧嘴。

那天，兄弟市来了两名电脑公司的经理洽谈业务，我就在"潘多拉饭店"订四人的晚餐。后来他们有事先回去了，助手打电话退餐，饭店大堂一口拒绝。

月色如练。我和助手只得自己去吃饭。我亲自和饭店大堂商量，退两份吧。

好。我让服务员少送些。

她的干脆令我满意，我就摆起大叔宽厚的姿态，和气地说：你好商量，我们以后还会来。

服务生送上的菜肴，每份不多。吃完，助手去结账，跑回来喊，她不让减。

讲好了。

一个鬼！她说少量不少份。

我跑到前台，连称呼都省略，不是少送了许多吗？

大堂高高的鼻梁引人瞩目，一颦一笑摄人心魄，忽然变成魔鬼了，跳脚尖叫：你们的只能照四份送。现在吃喝的少了，再说，团购的不能改！

你也铜臭熏天！我被浇了冷水，歪着头，"婊子"两字就出了口。

第一辑　与梦同行

助手当面把吃剩的美食都倒入汤锅。我们走出饭厅，我把擦嘴的纸巾一团团，丢在崭新的红地毯上；助手连咳几口浓痰，往红花绿叶的花丛中啐。

我怎么粗俗起来了？回到家，我问欧裔的妻子安娜。

无独有偶。国庆节，亲戚组团去武夷山游玩住小店。早晨，妹妹敲开门嚷，哥，原来一佰元的双人房飚升到三佰元！我们去和老板理论，他懒得理你，旺季。何况，你们昨天问过价吗？老板翻脸不认人：你们或住或不住，反正就这个价。

房间的电视正在播映。潘多拉捧着个礼盒走到厄庇墨透斯近前，突然打开盒盖，一股烟雾飞出，乌云弥漫，祸害遍地。啊，那饭店大堂和这旅馆老板的嘴也像潘多拉的盒子，一张开便使人呲牙咧嘴。但问题是我不能以牙还牙啊。安娜颔首：人成了受害者，除了以牙还牙或沉默外，也可以选择从中学点什么嘛。

可我弟弟把所有的空调、大灯都开了；妹夫洗澡完还把水开得最大；弟媳把雪白的浴巾扔在地上踩；表兄把卫生间的纸巾，拽成几米长雪白的哈达。

我制止他们，笑着问安娜：那天，我为何变粗俗？今天，亲戚们也为何变粗俗呢？不懂啊。安娜假装着和我大眼瞪小眼。

旅游回来，我在国外生活几十年的情景，像一只只白鸽欢快地鸣唱着，在头顶盘桓。金风送爽的夜晚，几朵淡淡的茉莉花在我梦里飘香。我到他国刚到IT公司上班时，同事都变着戏法夸别人，我莫名其妙。以后，我每天微笑着上班，渐渐习惯了这花花轿子人招人也感觉到同事的和蔼可亲。回国后，我就闻不到这美丽的茉莉花香了。

好在事不过三。一天，我提半斤假中药去药店退，说得实在，我不是要退钱，而是让你们知道这是假药，别误了他人。女店员却斜睨我：你不懂中药。哦，早料到你们会来这一手！我疼痛难忍，不禁训斥她。

女店员又说这药不是她店里的。咳，我们相识，那天我还是找她买的呢，……也许，千人千面，千种生活有千种可能性吧。但在人与人之间，我就觉得似乎有些仇恨，常用负罪感互为胁持，用良心互相折磨。

你！我怒目而视，似抓到我天天郁闷的罪魁祸手，气势汹汹了：饭店大堂、旅馆老板、你，都是一根毒藤上结的瓜。要不是坚守好男的操守，我已扇她了。此时，她居然还骂我是疯子！哇，我火冒三丈。

安娜赶来喊，文斌，只要有可能，人人都会成为暴君的。你别……我想也是，别伤身体，也别失去做男人的风度。只得责骂女店员：有时我和我的亲戚们言行也变得粗俗，是和你们恶劣的态度分不开的。

安娜小声说重话，人啊，保护自己不要伤害他人。又莞尔一笑对女店员说：对不起。

女店员有点难堪，呢喃：对……不起。把药过称，退了钱。

安娜的超脱，使我理喻了当年他国的同事天天对我的"虚伪"夸奖，开始对人说，你好！谢谢！对不起！请原谅！

那天，我突发奇想又去"潘多拉饭店"。"潘多拉饭店"已在什么时候改成"雅典娜酒店"了。我微笑着对大堂经理说声对不起。要说么，美人是上天给我们的珍贵的馈赠。本来我很欣赏这位大堂经理的美丽，别人也往往是慕美而来的：她既有亚裔的妩媚精致，又有欧美血统的妖艳撩人。只见她眼红红的，就像一个人随便说出句话，却在另一个身上掀起了惊涛骇浪的"瀑布效应"，突然羞涩一笑：谢谢光临。你们任意挑选套餐还可以得到优惠的。听得出不再是从她牙缝里挤出的话。一阵穿透骨头的轻轻抚摸，令我舒服极了。

让人惊呼美到窒息、美到过瘾的中俄混血女郎服务态度的急剧转变，还替我说出了一句心里话，叫我也很满意。

男人也要优雅么，我还说什么呢？

寒夜星光

春华开着一家丝绸专卖店。性格活泼，风情洋溢，摄人心魄的还是柳眼下，躺着两条动人的卧蚕呢，透出一股灵气。

河水哗哗哗。春华在美梦中，听见大厅传来"窸窣"的声音。她以为是阿庆回来了，便轻轻地推开熟睡的女儿，起床走出房，却看到个瘦子，嘴张得老大，你是谁？瘦子环顾大厅，把刀架在她脖子上，低声说，给点儿钱！

与梦同行

　　春华心里一凛，瞬间便抖着喉咙，你……放下。移步到衣帽间，刚掏出包里的600元，连同手机就都被夺走。瘦子恶狠狠地说，多拿点儿！春华瞟眼房里……一咬牙，从衣柜的旧大衣，搜出两叠的皱巴巴的钱给他。

　　私房钱。瘦子拿着钱又放狠话，还有呢！就撅着屁股要进房，春华吓得魂飞魄散……你嫌少？瘦子凶相毕露，举刀比划，春华手臂流血了。这时，全福寺的钟声响两下。瘦子正往房里瞅呢，别让他……春华平日天不怕地不怕的，那次，去杭州进衣物，公交车人满为患，她站在后踏板感觉有什么东西捅她的臀部。刚好到站，她突然换个角度，一脚使劲，就把那男人踹下车！可这会儿，春华似遇到一辆没刹车板的车却不敢撒腿跑开。踌躇再三，只得引领瘦子左拐右弯进储藏间。扭亮灯，灰色的保险柜赫然在目。瘦子逼她打开。进货款5000多元，也被抢了。

　　我得来全不费工夫！春华躲不过瘦子，手足无措。瘦子一再得手，成了一艘摁不下的航空母舰，吃定这个女人喽，还满腹狐疑，房里？此刻，春华如妖魔附体，脑子闪念，喊救火，让邻居救我？又想唬住瘦子，你不罢手，我报警了。突然，言犹在耳，我认得你。我报警！那校花遭强奸后，很勇敢地说，而"咔嚓"一声，就成刀下鬼啦。……春华冷汗淋漓，心跳到喉头上，像一条垂死的鱼张大嘴。可不能让他进房！她守住门，竖起双耳听外面的动静，多么希望阿庆能在这关键时刻出现啊。

　　拼个你死我活的心，死了。绝望，从骨髓渗出来！

第一辑　与梦同行

雪白的刀，晃动。

春华看瘦子转来转去往房里瞅，脸上密布乌云。俨然听见全富寺的老和尚问小和尚，前有深渊后有虎豹，咋办？她心理急剧反应。顷间，像凤凰涅槃扑腾起飞，她抓住一根救命稻草，扑闪着漂亮的睫毛。瘦子迫不及待推开她。危险！春华急中生智，晃一下手中的银行卡，赌气般喊，家里没现金。就疾步朝外走去。瘦子脚步折回，尾随春华出去了。

瘦子用刀顶着春华的腰出了大门。寒风凉飕飕的，朦胧月色使河边小路似整条河般悠长婉转。春华来到双桥，突然看见一副奇美无比的景象：天空繁星点点如鲜花绽放，更像数不清的萤火虫和天地交相辉映，灿烂辉煌。春华站在世德桥上，如释重负。那是她望着城管巡逻队过来了，手疾眼快夺回手机。只见她后退一步就似金鸡独立，以左脚为轴，右脚蜷曲划个优美的弧线，一脚踢向瘦子后腿，扯开嗓，抢劫，抢劫啊！随后，飞快地跑下世德桥，拐入永安桥。瘦子抻脖一看，立即跳水。

瘦子去向不明。这时，春华带领城管巡逻队的人来到大门前。阿庆打完麻将已回家，在大厅调出监控，哇，图像好清晰！刚到的警察配合城管巡逻队的人，拂晓就在附近酒楼边抓到抢劫犯。是个瘸子。瘸子说，昨晚碰到那家只有女的，我就多要了。

警察表扬春华很勇敢。春华睫毛扑闪着，一挑眉，戏谑通宵达旦玩麻将的阿庆，我知道我死了你会再娶，况且……进房抱起五岁女儿，轻咬一口。阿庆羞愧难当，扇自己耳光。顿时，叮叮咚咚的音乐似一股清泉滋润荒漠，春华徐徐地说，我也是看到搭错车、走夜路、找网友的女孩，无辜被杀，懂得要珍惜生命，还为宝贝女儿才与之周旋。出大门，我似有所想，假装鞋硌脚，驻足倒鞋里的"东西"，迫使瘦子停下脚步。

春华开着一家丝绸专卖店。性格活泼，风情洋溢，摄人心魄的还是柳眼下，躺着两条动人的卧蚕呢，透露出一股灵气。

至此，阿庆哪敢轻狂喽！帮衬春华把丝绸专卖店开得风生水起，不久，就成了周庄响当当的一张名片。

后备箱

人若不忙，浅水深防哪。我心里大叫，不管是同学加朋友，苦恋多年修成正果的知心爱人。哦，罗东爱我至深，不就是相准我一向的小心吗？

李敏骑着电瓶车，上午在钟楼撞着一辆劳斯莱斯，车尾部凹陷也刮伤了。呃。维修得几万元呢。旁观者喊。

中年车主抽着雪茄，仰天吐出袅袅的烟雾，眦着大门牙说，4S店碰到配件坏时只能换，一辆广本都够不着。

反正我没钱赔你。

李敏的魔鬼身材，披一件男士灰夹克，两眼直勾勾盯着车主。

第一辑　与梦同行

秋风吹拂,她头发很乱。突然的变故,突发的事件,逼迫得她快疯了,神经兮兮,对闻讯而来的晚报女记者谈起不幸的遭遇。

10年前我南下,嫁人生了儿。罗东在海边的一家公司做管理,我在服装店卖时装。罗东向他父母借钱买二手房。时间飞逝,荣升经理的罗东想让儿子入最好的学校,要买学区房。上班,我拧着眉说,我俩每月要还钱,怎么凑也达不到二套房首付啊！闺蜜吻我耳朵,说句什么。

那晚,我回家说了那句话。罗东瞧我一眼,你怕我没良心？

立马,李敏睫毛抖动,捂胸口的手激烈地震颤,身体刹那间透明,念叨：

当时,我拿纸吩咐罗东,你写完,再写这个吧。事成,老房判给我,罗东就以低首付买学区房。

那套老房很快脱手,中介通知要交转让费,透露能避税。我们还欠房贷呢。我提出依样炮制头次的"离婚"。饭后,罗东坐在桌前说,谁叫我们太穷呢。他写离婚协议,让新房和孩子归我,让老房和存款归他。还没写另一份协议时,家里来客人,他只好停笔。

我们第二次离婚后,中介让罗东去办老房过户。我发短信给他。冬至,魔鬼放下黑天鹅般的帷幕。我煮好饭菜还备瓶酒。突然,陌生的铃声响起,我连忙抓起,居然是罗东下海救工友遇难的消息！

哦哦,天掉馅饼了。婆婆含着泪竟拍手,说罗东以前都把钱花在我们身上,就浑身长刺了,按离婚协议,把存折和卖老房的钱都拿走。临走还骂,你即使爬楼梯也够不着。我面临困境,首先要养家啊。我每天在路边等载客，披肩长发遮不住我的泪眼，双腿叉开脚沾地，舌尖打颤：人没走到终点，真的不知哪个是陪我走到最后的哇！

又一天，在家里，李敏嘶哑着声对回访的女记者说，那时我最头疼的，是没钱跟车主谈维修。

我夜夜泪湿枕头，梦中全是卖海鲜做建筑工的艰难。唉，就是难适应，我才卖首饰买车载客，但灾祸双至！那夜我睡不着，读闺蜜的短信，惊乍着，每月要还房贷，儿子要读书，母亲也要照顾，撞豪车更要赔偿啊。天刚亮，我又出车。我的心在哭，撞上豪车，没那么简单的。交警又通知我去商议赔偿事宜，我被逼急了，这辆电瓶车，他要就牵去。车主听到回复，恨不能打我几记老拳，羞恼成怒下通牒。我在被告席上，同情的说我太倒霉，高喊放过；愤怒的说我载客违规，让我长教训。我又哭又笑骑老虎般，立刻变成悍妇，你的车擅停闹市，也违规。耍起赖皮，要命有一条！车主牛气大发，你不认错，就犯重罪。

李敏摇摇头，接下对记者说：

休庭，我去咨询。律师说你离婚了，罗东卖房所得和存款属个人财产，只有公婆、儿子能继承。人若不忙，浅水深防哪。我心里大叫，不管是同学加朋友，苦恋多年修成正果的知心爱人。哦，罗东爱我至深，不就是相准我一向的小心吗？可第二次他忘……我也忘了，我追悔莫及啊！眼前的焦点是，卖老房的钱和存款不是公公婆婆的，我又不能和他们打官司！！望着乌云滚滚的天，我愈发感到无力，罗东有写那个又怎么啦,有关部门会知道我们是假离婚的。最后的这根稻草几乎压倒骆驼,我想跳海追随心爱的人而去。

深夜,房中的蟋蟀唱倦了,神秘地流到床上的月亮和忧伤的亲吻唤醒我。迷糊中,我看见罗东坐在桌前,泪珠在眼里转,他行事慎密,才会被老板重用啊。我一个鲤鱼打挺从床上跃起,打开暗橱,一下找到要的,哇哇哇,日期对得上!罗东的名字凤舞龙飞!!我抓来笔,补签名字,把一份完整的协议捧在心口。

罗东卖房所得和存款都拿得到了。记者为李敏庆幸,询问后来的情况。李敏轻微地叹口气,我去找豪车车主,从从容容也骄傲得像公主,让他去修车。他也承认有错,我们达成了庭外和解。那天,他还想跟我交朋友呢。你说,怪不怪?

李敏和记者倾谈,时吁时叹,税局、银行要罚,我就认了,脸皮么,哈。

李敏母亲被大局长离婚20多年了,特别感激女婿把爱装满家这辆车的后备箱,美丽的康乃馨绽放,小厅散发浓郁的芳菲。李敏泪水哗哗哗,生活中最大的幸福,就是坚信有爱着我和我家人的人!

她儿子去奶奶家,跳着叫着:我妈多备几张纸,就是要让我爸写"复婚协议"的。

备 胎

玉凤回头去找翠翠，说王帅是你叫去的，你要赔偿我的巨大损失！

我赔你损失。赔多少？

翠翠的头如给个铁箍箍紧了，一阵晕眩。

翠翠进城买的房，坐落在那棵千年卧松旁。卧松一亩清阴，半天潇洒松窗午。翠翠说，我住的房子方位好，但松窗凉意好梦境都跟我无缘。你看，外面赤日炎炎似火烧，我的心无名火也在烧呢。

这把无名火一下烧到上个星期天，2号楼的701室的业主，发现卫生间的天花板漏水来找翠翠。翠翠放下手中的扫把去请小区的王帅帮忙。王帅很快弄好了。701的来感谢。翠翠看见王帅头上有伤便问，你怎么了？王帅不在意。只是没几天，王帅突然昏迷进医院，抢救无效去世了。医生诊断，他是后脑严重摔伤导致的。王帅的妻子玉凤哭着去找701业主，说王帅是帮你家修理水管摔的。业主解释，王帅发现是801的下水道出问题，上楼修理时摔的，况且，王帅不是我叫来的。玉凤又去找801的。801的满脸迷茫，那天我加班，不知家里的情况，推得更彻底呢。玉凤回头去找翠翠，说王帅是你叫去的，你要赔偿我的巨大损失！

第一辑　与梦同行

我赔你损失。赔多少？

翠翠的头如给个铁箍箍紧了，一阵晕眩。中午，在家团团转，按太阳穴说，要不是小区没物业，我会出面管事吗？老公骂骂咧咧，你逞能你担待着。也呐呐的，那时……小区蚊蝇乱飞，如……垃圾场。翠翠趁机为自己打掩护，我是看不下去，才提出做保洁员兼收业主的水电费的。老公拍着手，对，当时居民说每家每月支付点钱，让你支付公共支出，剩下的就算给你的补贴。翠翠敢大声了，叫我午休能睡得着呢？我只凭颗热心，做了一个人的物业管理，现在反而要赔偿王帅家的损失，我是吃力不讨好哟！

似兔子听见猎犬的狂叫，跟在翠翠满怀委屈后头的是惊惧。目前，小区几乎没人把这事当一回事儿，进进出出偶尔看她一眼：50多了，皮肤永远晒不黑，光滑得几乎透明。她老公说，翠翠没读过高中，不过头脑会辩证，这不，晚饭后她就问老公，两家间的下水道维修，该由谁承担呢？

不是让你承担吗？

老公听说他不在时，天天，玉凤都上他们家哭哭啼啼索赔，便恼火了，敲下饭桌，吓的一把汤匙掉地下。

扑通！钩在树梢的月亮，一不留神，摔落湖里。翠翠收拾汤匙碎块，控制不住悲哀情绪，放声大哭。黑夜模糊了她的泪眼，我大半生任性地走任性地飞，逞强要性，到底想活得轻松些，但到底，我玩不起啊。斜月还在，晨风微微，老公依稀看见她拿根绳躲在门后，一下惊醒，翻下床救了她。谁叫你退休不去跳舞呢？就建议，你带

13

与梦同行

玉凤去找律师。

翌日,翠翠从律师事务所回来,像劫后余生那样轻松愉快,用力呼吸清新的空气,欢天喜地对玉凤说,你将小区所有业主告上法庭,让他们共同赔偿你家的经济损失。不料,其他业主听说被告,似无端被人割一大块肉,怎不跳起来呢?有人说,王帅是为701维修的,事故又跟801的下水道有关。大部分业主说,所有责任该有这两家共同承担。701、801的业主说出各自的理由,大家就愣住了。

翠翠是高兴得太早了。在大门口,一个和她有过节的业主拦住她说,王帅是你叫去的。事故的责任人是你。翠翠的无名火找着了出口,梗着脖,你……讲不讲良心呐?几个业主还拉着玉凤来对质呢,气势汹汹地撞开翠翠的家门,逼着她说这事跟他们无关。

翠翠心头的火气按捺不住,但只能掴自己的脸,用头撞墙撞出个大包还流血。她捂住伤口,啜泣着,我一年多来,没日没夜为大家打拼,风里雨里给大家解决水电问题,你们却睁眼看着我流血啊!咣当。犹如一个铁钩落在心上钩住了心,她疼痛得无以复加,不屑一顾这些翻脸无情的业主了,愤怒发泄如一辆战车般狂奔,突然嚎叫,我也去请律师。

法庭上,律师提供呈堂证供,张翠翠代替小区全体业主行使职能,每月一点儿报酬只是帮忙的性质。翠翠听见法院的宣判,厕所下水道属于小区公共部位。王帅的死,由小区50户业主共同赔偿50万元的损失。有力的法律依据,使人幡然有悟也使人信服不已。翠翠回小区,噙着泪率先拿出一大笔钱,701、801的业主都掏了钱,很多业主捕捉到良心,也纷纷拿出钱。翠翠哂笑,只有大家出力,才能给热心人的家属一点儿补偿嘛!翠翠老公嘀咕,我女儿有病要医,一家人要生活也要还房贷,我老婆却丝毫不跟人计较报酬,把保洁做得很好,是个好老婆。玉凤接过翠翠拿给的很多钱,又哭又笑。

翠翠擦去一头冷汗,嘴里喃喃,我走夜路,随意捡块石头差点把自己压扁了。还好,还好,我这块石头瞬间变成光彩熠熠的宝石了。哈,翠翠看见一辆越野车后面的备胎,突然想到什么,喊道,我玩得起啦!就似个小年轻蹦跶蹦跶地,找来有关的书。她每天做完小区的保洁,就不管不问不想不做别的事了。而且,每每睡个轻松的午觉后,就坐在那棵叶子浓绿得出油的卧松下读书。

在居委会的帮助下,小区成立业主委员会,她义无反顾地参与了。

婚姻大有玄机

抑或,我们离婚前缺乏合作和忍耐,心理落下难以愈合的伤口,才会情侣打架我请前夫来帮忙,最后我和旧爱复婚。

馨儿老公刚上楼,见老婆呶着嘴便问,我又哪不对啦?馨儿推开他喊,叫我大名干什么?文彬嘻嘻哈哈,万一叫老婆,全栋楼的都把钥匙丢下,砸伤我怎么办?馨儿还生气吗?但看见文彬回家迟了,手里还拿份电器维修单,就发飙,你下班还去帮人维修?!文彬把同事拍的微信打开说，家务我来做不就得了嘛。馨儿看微信，两人捧腹。文彬说，我看见这女的带小孩在门口乞讨，说钱包在电器城被偷，可据保安和附近派出所的说，都没接到报案。喏，我是怕过路的被骗，便写个牌子蹲在那儿警示人。噢。馨儿再怪他吗？

　　馨儿的脑筋拐个弯儿。他们没离婚时，馨儿抱怨，我和他说话，他总是慢半拍。闺蜜笑，要么就是他真的不想理你。馨儿回家跟文彬大吵。文彬受不了，就戏说要离。馨儿使性子，我早想跟你离！文彬打肿脸说，离就离。俏冤家啊，各自找了情人，不久便离了。如今复婚欢天喜地的，馨儿自责，是我为句玩笑话最先出了轨，就收敛些，比如他们没离时，馨儿规定文彬不准抽烟不准喝酒要早点睡，文彬爱理不理的。复婚后，馨儿在酣梦又碰见文彬在抽烟，还把手一挥，不用你管！馨儿就哭了。而如今夫妻心心相印了，馨儿娇嗔，我是为了你的健康！温柔和体贴，立刻化解文彬的愚钝喽。

　　他们卿卿我我，常打闹着玩，馨儿问文彬，你为啥偷腥？文彬说垃圾食品好吃，爱错的人特有魅力呗。他们复婚后，日子过得挺开心。馨儿的眼神似阳光和煦，想，人们都说男女一旦不爱，就很难找回感觉，我竟找回？突然哦声，我们复婚后，每每一同上床，文彬笑嘻嘻，谁都希望被另一个人念着想着。你离婚后，和谁打架闹到派出所，不是第一时间就想到我吗？我就是你铭心刻骨的爱人！馨儿就此耍不起坏脾气了。许多不得已，成就了大欢喜。

　　自从馨儿瞬间抓住灵光一现隐忍的尾巴，夫妻和美过日子。那天，

第一辑　与梦同行

闺蜜听说文彬下班，在电器城门口揭露骗子的事，问馨儿，文彬善良、体贴、诙谐，你舍得说再婚的新娘不是你？文彬看馨儿。馨儿是被富养的公主。他们复婚后，文彬担忧馨儿的娇气。文彬看馨儿爸妈的脸，鼻子是鼻子，眼睛是眼睛的，单看馨儿五官吗，虽复制了爸妈的DNA但还没组合成爸妈的完美。文彬参透了人生，也许女人的美，是一种追求更需要历练！他心生一计，列出个婚姻维修计划，说婚姻如机器，运行会出毛病。馨儿赞同，婚姻生活需要维修，以保持最佳状态。

一只碗不响，两只碗叮当。他们复婚1年，维修日志写，磨合不错，运行状况良好，随后，也发出不和谐的声音。那晚，文彬吃完一碗饭将碗递给馨儿，盛饭。很正常的事，馨儿居然发火。文彬惊愕之余恼怒，不吃了。他们冷战好几天。神秘的夜晚悄悄驾临，伴随雨滴敲打树叶的声音，文彬似填电器维修单填写婚姻维修单，婚姻死机，是什么原因呢？跑来问。馨儿抿嘴笑，那天主任训斥护士长，护士长心情不佳，可你没察觉还耍大老爷派头。文彬诚恳检讨。馨儿趁机进言，家务一边倒，我早有积怨，难免也会爆发的。文彬写婚姻死机是缺乏沟通引起的。以后我进门看脸色，积极参与家务。馨儿也建议，我们宜建立良好的沟通。再闹矛盾时，夫妻都认真找问题，探讨如何避免。

他们复婚5年，例行检修，馨儿回顾温馨美好，文彬回顾吵架和生气。夫妻坦诚相告，那些遗憾和失望，今后如何改进。复婚10年的检修报告总结，老机器，新状态。夫妻相互协调和婚姻维修计划成绝配啦！这夜，文彬热烈拥抱馨儿，立刻闻到一股沁心润肺的芳香，心中充满玫瑰花盛开的喜悦。

春节家宴，妈说，你们离婚前，馨儿跺脚骂文彬生活上爱怎样就怎样；爸说你们复婚，文彬仍害怕馨儿的娇气。你们似乎水火不相容。但如今，你们看上去很舒服的两人和谐相处，看来，是掌握了婚姻的秘诀。馨儿托着香腮说，抑或，我们离婚前缺乏合作和忍耐，心理落下难以愈合的伤口，才会情侣打架我请前夫来帮忙，最后我和旧爱复婚。夫妻对小青年神侃海吹。

柿子熟了

爸说，你知道，每年我们老家那棵柿子树摘下的青柿子，是怎样才成熟的吗？我们摘下它断了营养后，就在柿蒂周围插入几根小木梢，刺激它，它就感受到自己的存在，自动催熟了。

刚上大学我很恋家。国庆前打电话说要回家过节，妈说这几天爸妈忙，你就留校吧，看书或找份兼职做。

我拿着电话怪狠心的爸妈。哎！我爸妈搞科研总是忙，极少回家。我从小被爷爷奶奶疼着，他们唯恐我走路摔了吃饭噎着，差点儿要把我含在嘴里珍藏在怀中呢。到了我要去别的城市上大学的那天，妈让我刷碗，我不知从哪儿下手，奶奶说放着放着。爸喊糟糕，这妮子还是颗青柿子，刚摘下来呢，让人担心死了！翌日，我们等车去学校，妈苦着脸，你细皮嫩肉又满脸稚气，只会傻乎乎站着。又嘀咕，肩不能挑手不能拎的，做事又乏主意，孤身在外，如何自立？爸眉心的"川"字，许久许久，没有放松。

我丢下电话，只得留校。心疑惑，爸妈，你们不要我了吗？离家半个月，我心里的孤独感不时呼啦啦跑出来。没料到爸妈丝毫不在意我的恋家情绪，我如被人摘了心，疼死了。恨得直咬牙，人家的爸妈都巴不得孩子早点回家，你们倒好，让我孤身一人留在空荡荡的校园里！我环视空寂的宿舍楼，害怕极了。一只灰不溜秋的小老鼠从哪儿钻出来，吱吱吱乱叫，我全身起鸡皮疙瘩，躲进墙角，哭得稀里哗啦。

我赌气了，除了春节，其他时间都留校。

暑假最长。我天天泡在图书馆，面对又白又亮的墙上两行红字——富有也许会在一个夜晚实现……感觉它跟我读大学无关又似乎有关。夜间最难熬，也害怕，也恋家，我夜夜都是枕着爷爷奶奶慈祥的笑容睡去的。那夜，旁边那栋楼有几束白光忽闪，耳闻一阵阵女孩撕心裂肺的哭喊……我吓得浑身瑟瑟，慌忙钻入床底，睁眼熬到天亮。隔天，得知旁边那栋楼的所有宿舍被盗，一个女生被歹徒轮奸了。学校保安组织夜间巡逻，我踊跃报名，看见还有几个同学留校。来自穷困乡村的小潘读大三，说他假期都没回，现在带个高中生辅导英语，还写些稿件常在报上发表。我看他皮肤黝黑人极瘦倒很结实，什么活儿都会干，我佩服他。我叫着爸妈的大名，咬着牙说我也要走条属于自己的路。

我放假留校的日子里，每天下午都去游泳。脑子寻觅小时我最想干什么，开始有目的有步骤地读书。斗胆也写些散文、小说，投报纸副刊并兼了份职。我单单给爷爷奶奶写信。为安慰二老我一字未提我的害怕，只说学会离开是为了选择更宽阔的未来，而且独处是一种本事，可以倾听内心的声音，使自己变得强大起来。末了，不忘请二老保重。

大三暑假，我用打工的钱给家人买了礼物，赶在开学前回一趟家。爸妈刚好休假在家。妈打开家门，一看见皮肤晒黑人也瘦了的女儿，眼泪滴下来。她别过脸，掩藏起满脸心疼的表情，只赞美我的大眼睛晶莹透亮特有神，还拍拍我结实的身体，夸我比以往好多了。半夜，我起来喝水，听见妈抽泣，看她瘦成那样，我比什么都心疼啊！她知道我们多么担心她吗？但她确实长大了，让我一边心疼一边又很欣慰。爸说，你知道，每年我们老家那棵柿子树摘下的青柿子，是怎样才成熟的吗？我们摘下它断了营养后，就在柿蒂周围插入几根小木梢，刺激它，它就感受到自己的存在，自动催熟了。爸又说，让她吃点苦，等进入社会肯定会比同龄人成熟稳重。哇，我感觉我的心在激烈地跳动，双手紧贴胸前，心里叫，表面上，爸妈没那么担心你，是其中有难以道白的隐情啊！刹时，多年积郁心底无限的委屈和深深的怨恨，就像狂风吹散的乌云。

三年假期，我坚定地走条自己的路，端过盘子也当过清洁工、保姆等。实习一年，由于我一专多能，就顺利地考进九州电视台当节目主持人。那天，爸妈兴奋得浑身颤抖，好女儿啊，你不负众望！

五一节前，我回家宣布，爸，妈，我要结婚了，房子、婚礼都准备好了，不用你们操心。爸妈惊呆了，女儿，你还跟我们赌气吗？不然，我们怎么连你买房子、找对象、结婚的人生头等大事都不知道呢？

爸沉稳地说了句话。什么？我顷刻理喻我在学校图书馆天天必读的那两行大字的深刻含意，文明，需要每一代人都做出努力啊。

美　容

佛变成一朵花养在萌萌心间。她只能且走且珍惜，随男友去企业当了文秘，不久当上个部门经理。也许是她工作好，心情也舒畅了，打着灯笼都无处找的大好事就被她撞上了，她脸上几块褐斑悄然消失。

农历26开元寺庙会，几个同事约萌萌去上香，她哼声，我家就在开元寺旁，我从来没去勤佛。还忿忿地说，我在KTV大力推销水酒，就是要多赚点钱去国外做美容。

在KTV包厢，同事对萌萌说，女人的美貌，女人的美貌哟，已成为生命炫耀辉煌的背景啦！镜里，萌萌不高不矮不胖，皮肤黄

与梦同行

黄涩涩的，眼圈发红说，我一心想进事业单位却不能如愿，是没好的人际关系，更主要的是没漂亮的脸蛋！她迫切要去美容，赚钱心切，晚上10点竟到江滨小区谈一笔业务，见到光头和小胡子两个大老板，谈定一宗大生意。她很兴奋，和小胡子聊到深夜。小胡子甜言蜜语，动手动脚，她想到刚签下的大单，也就半推半就……缠绵中，小胡子突然口吐鲜血，浑身抽搐，不省人事。她吓坏了，惊慌失措叫起来。光头跺脚，这事咋办？压低声音，我叫人把小胡子尸体处理掉，你快凑点钱来！她战战兢兢地说，我把积蓄一万多元全给你吧。

一万多元，太少！光头还让她定期向卡里汇钱，她惊魂未定，点头答应。两个多月，她又陆续汇出一万多元，一共付出三万多元啊。可……光头不满意还紧逼着，她筋疲力尽也是山穷水尽了，向警方求救。不日，案子告破，民警把犯罪嫌疑人用的"血泡"展示她面前。她哭了，就像红楼梦里的傻姐儿又不像，嘀咕，我受过高等教育，也被人骗？顿时，头被钝斧劈了般，剧烈地痛起来，暗骂自己想赚大钱，吃不着羊肉还惹了一身羊膻味。生自己闷气，两天不去上班。

男友探望她，反感她房间贴个靓男头像，骂声什么整容大师，简直就是大头鬼一个！男友追问，女人美容，女人美容，就有一切吗？她下意识摸摸脸上的几处颜色较深的皮肤。男友坐下读广告，她先声夺人，公开要去美容的秘密，你知道的，天使都爱美丽。我也是女人，天天被埋在铺天盖地的美容广告里，怎能不动心？告诉你，我输别人也绝不掉了队！嗨，这天下就是怪事多，她明明被人剥了层皮，居然还阿Q自慰,我没像有些女人轻易被人骗了。男友欠下身问,那你,去国外美容的钱还有吗?她立刻成哑巴。

一阵沉默。男友用手机上网,大叫一声。她走过去,看见有个测试男人脑电波的实验,哭笑着……漂亮女人能使男人丧失理智和思考能力,接受她们提出的对他们毫无益处的任何请求。呸,男人真……真没劲。她瘪瘪嘴。嘿嘿,这世界不仅是男人一厢情愿。男友嘲笑她。她却不管,试问男友,男人只喜欢漂亮女人?哼,但几千年前女人早已利用男人的爱美之心,打造人生美好的平台喽。你说,武则天怎会想当又当上女皇呢?萌萌冷笑。再说,她经历"死人"事件如得场大病,心中最明白呢,恨自己长得太平凡,更恨自己不是武则天再世,得不到男士的青睐。那夜,她梦见女人都在男人挑剔的眼光下,争先恐后去美容,她上前阻拦:女人美容,不过是为了取悦男人而去造假!她摸下头,一眼看穿美容师、大头、小胡子拙劣的伎俩,你们不是在制造玩偶就是在逼良为娼。然后咒骂光头和小胡子,害得我沾染羊膻味使积蓄付之东流还背上债务,哪有钱去国外做美容?!屈辱和仇恨直逼发梢。她在房里转几圈,扑倒床上。忽然,天外黑风吹海立,海浪猛兽洪流般逼近泉城每一角落,好可怕呀!她惊醒,冷得牙齿直打颤,哭得天昏地又暗。

放晴,他们去攀登清源山。男友说,你追寻内心的宁静吧。我喜欢你健康又聪明,不仅仅是你的外貌。和颜悦色地规劝,你别跟人瞎咋呼去做什么美容,好不好?瞬间,她的长睫毛扇了扇,搂抱一下男友说，你不要我做玩偶，我美什么容？

又到开元寺庙会日，萌萌去勤佛了。师父读透她的心似的说句什么，佛变成一朵花养在萌萌心间。人哪有一切都圆满的呢？她只能且走且珍惜，随男友去企业当了文秘，不久当上个部门经理。也许是她工作好，心情舒畅了，打着灯笼都无处找的大好事就被她撞上了，她脸上几块褐斑悄然消失。

萌萌的心病彻底治愈。

第二次站起

保姆在浴室给她洗澡，十三岁的女儿来帮忙，笃慧递来一袭华美的睡袍。这是她最喜欢的粉红的杭州丝绸的，上面绣着腾龙彩凤，一俯一仰，活灵活现，相向而飞。她瞅眼穿上的睡袍图案，疯笑，你是精神折磨我吗？

当自己和别人扯不清时，谁都不快活。这对夫妻庆婚三十周年时，红霞已理解这句话蕴含的深意。

多年前的一天，她生病。医生说，你的心脏瓣膜手术就似做头发那般简单。但手术时，钙化的心脏组织脱落小部分跑到脑部，部分阻断血液和氧气的流通。她醒来，知道身体一侧瘫了，医生说难以恢复。这年，她四十岁。

第一辑　与梦同行

夫妻带着一张物疗处方回家。原是医学院助教、作家的红霞，看见后面的日子一下没了，心情比被打入地狱更痛苦。她靠四角扶手拖着残腿走路，无法工作无法洗澡无法穿衣，两眼哭得似烂桃。丈夫笃慧开始还帮她做些事，一周后，不但分房睡而且和她商量事儿，我们不是婚姻亮红灯，而是为你的健康。上帝啊，你不照顾我？！她的心跳出口，丈夫居然绝情又无义啰。顿时嚎啕。

寂寞带着酸涩和忧伤，如霉雨中散发的潮湿，拧不干。她躺在席梦思上，头枕大枕头，扫视残体。脑海有几只毒蝎爬来爬去，蛰得她疼痛难忍，顿生怨气，耻笑笃慧，嘻，没人跟你鸳鸯戏水了，你不伤心？

笃慧雇全职保姆护理她。她盯着模样还俊的年轻保姆，心被利器刺伤。笃慧深知她本是很自信的女人嘛，可……也是的，她一时瘫痪，精神没准备，就疑神疑鬼，感觉笃慧是背弃她了。饭桌上，保姆给她端来吃的喝的，令她焦躁不安。深夜，她眼睛一闭，不是摔下大树就是掉下深渊，心扑通乱跳喊救命。喊声引来笃慧。她逼问他，你不明白，我在困境中最需要你吗？行动，是对你往日信誓旦旦的考验！他淡笑，请让我集中精力，做好丈夫的角色。

弟弟来探望她，她告状，你姐夫说很多人可以当我的保姆，只有他能当我的丈夫。你都不行了，他还能当？婚姻法禁止家庭成员间的虐待和遗弃，你起诉他！弟火气直冒，跑去责问姐夫。事后，笃慧对红霞表明，我是让你追求你心底底要的东西。他做个深呼吸，一边忧心焚烧，人哪，逃避痛苦是心理疾病的根源；一边说，你如

25

果不能面对现实，就要付出更大代价承受更多痛苦的。

月照南窗。

保姆在浴室给她洗澡，十三岁的女儿来帮忙，笃慧递来一袭华美的睡袍。这是她最喜欢的粉红的杭州丝绸的，上面绣着腾龙彩凤，一俯一仰，活灵活现，相向而飞。她瞅眼穿上的睡袍图案，疯笑，你是精神折磨我吗？他扶她坐下说，身体有病不要紧。你只要内心坚强，就没必要担心未来。女儿也喊，妈，你站起来！

我何尝不想站起来。她的心在叫。弟不放心，频频来看望姐。他们在大学双飞的精美画卷，一页页呼刺刺被打开。笃慧一直把我藏在心中最重要的地方呢。一次，我寻找资料，疲劳过度，晕倒在图书馆……哦，是他救了你；一日，两人去游泳，我卷入漩涡，突然没了影……啊，也是他急忙呼救……在姐弟的对话中，半老徐娘缤纷的眼睛饮碎了阳光，凝聚的绿和凄美的紫纵幻交错，辉映明天的晨曦。顿时，残秋的叶片变成了火红的宣言。她破涕而笑，开始物理治疗了。

站起来！

正常人一个极其简单的动作，她经历四五年，练习几万遍。

迈步！

她的腿足有千斤重呀，迈半天就是走不了万里长征的第一步。但经过艰苦的努力，迈出第一步就有第二步，两步、三步地累加。虽是多年才长一寸，水淹则蚀三分的一棵树苗哟。但她似攀登科学高峰，任凭汗泪交织，咬牙坚持，不歇脚步。人说的，何意百炼钢，这便是。她盼星星啊望月亮，万幸发生在十五年后。这天，她如一只刚刚逃离樊笼、栖息在树枝上的金丝雀，随晃动的树枝摇摆却不怕摔了，立刻泪流满面，声嘶竭力地嚷：我丢掉四角扶手喽！

我雇保姆，是为了恢复我们夫妻的和谐关系。夫妻设宴庆婚三十周年，都以平静的心谈十五年前的感觉，著名的心理学教授笃慧吟道。夫妻跳华尔兹。在优美柔情的音乐中，她旋转的身材苗条，脸色绯红。人们惊讶，是谁摘了星星嵌进她的眼睛，才使它光芒闪耀？她骄傲地说，我在外界的帮助下，第二次站起来了，依然承担起妻子的角色。

啊，相互尊重，不让疾病成为唯一的话题！全场轰动，大家异口同声赞扬这十五年前完成《爱情进化论》一书的女助教，都说她太可爱了。

她的父母笑了，内心成熟和身体恢复，是夫妻双赢的法宝。

她欢笑：我何止拥有……颗自己的头脑啊。我最乐观的是可以继续我的女性课题研究了。

花圃里牡丹花绽放，雍容华贵，浓郁的芬芳扑鼻。许多病床上的男女，读了这篇小说都通过自身的努力，像红霞坚强地站起来。

曲终人何归

我如今带大群的徒弟，除了教她们凸绣，还教点别的。哈哈哈，我活得差强人意了！她开怀大笑，得意忘形。

我的刺绣工艺被树为闽绣一派，我被评为大师。我和再婚的老公搬入公司赠送的小别墅，登高远眺。

大姐说起多年前——

我和黑鳗恋爱了，就在民兵队部里。黑鳗妈反对，说黑鳗在大百货公司，工资高条件好，我只是在街口看水果摊的而已。

我高个，长着大圆脸，年轻时，头上扎两条很粗的坠到大腿的辫子，而小名"黑鳗"的，个头矮小。我只要跟他横竖一比，就憋不住乐了，发出一阵"咯咯咯"的笑声。黑鳗这家伙才不理会谁在阻拦呢，下班就溜到我店里。

鳗鱼跑光了！

傍晚，黑鳗喊。我跑出去看，他在门口跺足，手拿瓷钵说一斤多鳗鱼，全跑光了。我妈跑出来，邻居的眼球也被吸引过来，热心的还要帮他抓回鳗鱼呢。怪！只是我左瞧右看吗，都没见鳗鱼逃走的痕迹。这会儿，黑鳗有点害羞对我妈叽咕，她怀孕了，我给她补身子。算了，剩下这几条就煮面线吧。我妈掩饰吃惊的神情，接过瓷钵，低声制止他，不让他胡说。

他看我吃下面线，便闩上门，如条鳗鱼游过来。我只爱你！他灯也不关就趴在我身上，折腾一阵。弯月西坠，才擦拭额头汗水回家去。

我妈敲开门神色紧张，说他家不同意，傻女儿你别惹身臊哇！我把脸扭向床应声，这么矮小我能看上他？"吃吃吃"地笑。

而纸哪能包住火？我肚子大了，我妈急了，让大哥去求黑鳗家迎娶我。他爸妈乱了套，等到我俩登记后办婚宴，我刚喝了交杯酒，就呻吟着上医院了。我生了个大胖儿子，家人欢喜得发狂，他妈夸黑鳗行而不给我好脸色，我心里不服气又无可奈何。

新婚未到百日，每晚，我就见不着黑鳗的影了。那时，我哺乳幼儿不愿空闲去美术工艺公司学刺绣。我学得快，没几天就赚钱了。

我回家奶孩子时，谁说黑鳗外面有人了。黑鳗下班，婆婆骂他，歹仔，当时不让你跟她谈你偏要，现在反悔没门。我眼前浮动一条滑溜溜的小鳗鱼，想起黑鳗的甜言蜜语，我对他喊，你老摽着我我才依了你。我得理不饶他，你，别在外面给我拈花惹草！

不到一年，黑鳗又爱上另一个了。我婆婆破口骂我，你这贱女人没本事管住你老公。又来了不是？天。我……是我的过错？我竖起食指指向自己，胸中血涌，心里怒火烧。顿时，撒泼了，呸，生养个风流成性的坏东西，德性！我嚷嚷，我不稀罕你家黑鳗我要离。说离就离。

我的小孩他家不撒手。我单身住进职工宿舍，我专心绣我的花，他做他的大经理。在20世纪物质紧缺的70年代，朋友说，他为谁购置上海手表又给谁买了永久牌自行车。我说是啊，他身边不乏爱美的女人找他要特供，因此更放肆了。朋友走了。我静下心，倒觉得跟黑鳗离婚省了心，业余还弹琵琶快快活活过日子。我那颗心，往往使劲又使劲：我要做好我自己！也是的，我没抛弃自己，谁也无法抛弃我。对吗？大姐眉开眼笑问我，继续说：

那年除夕夜，我望着空荡荡的宿舍，想起10年前，我在短时间被始乱终弃，眼泪如水库开闸涌出的水，我欲吐口恶气了。听说他玩得犯禁忌，和个军人的妻子黏黏糊糊，我准备搞他一下子。但踌躇一阵，仍担心他会被抓，还有板有眼地处事，就像个救世主特意请朋友去规劝他，朋友笑我藕断丝连。

大姐追忆当年，黑鳗搞得那军人的妻子怀孕去人流，不幸感染死去，触犯军婚还出人命，被判无期。又说——

我也感叹当年，黑鳗的条件确实好，那天，开车带儿子去探监规劝他几句，你对待爱情，不能三心二意。他嬉皮笑脸，那年你怀孕要补气，我去买鳗鱼只剩下几条小的。我买了那几条送你家，却喊鳗鱼跑光了。

你骗我？

当时，我就觉得蹊跷吗，不禁吐口浓痰。

这件小事如把铁锤砸中我，使我相信他确实爱过我的念头一下摧毁。突然，我感觉山崩了，地裂了，池水干涸了，一眼看见那条在淤泥中挣扎不了的鳗鱼……儿子骂他爸，奶奶说你骗的尽是信你的人。呸，我们都轻视这个大骗子！

恩断情绝了。我走出监狱，许多感慨堆上了心尖，尽管我这一路走来都是偶然，但我也是靠后天的刻苦训练……后天的刻苦训练，才成了"民俗凸绣大师"的！回家，我抱着那把曾断弦的琵琶，依然弹唱得很好。

我如今带大群的徒弟，除了教她们凸绣，还教点别的。哈哈哈，我活得差强人意了！大姐开怀大笑，得意忘形。

这是多年前，我回娘家巧遇娘家邻居的一个姐姐，她给我讲的她平凡其实不平凡的故事。

爸爸心中那小孩

百灵宛如回到昨夜，感受到一种温馨与和谐。饭后两小时，厅里缥缈轻音乐《梁祝》，保姆端来一盆热水，先拿靠垫将老爸的腰背垫舒坦了，再蹲下身子试水温，将老爸的脚放入。然后，保姆双手握着老爸的脚，轻轻，轻轻地搓揉。一会儿，又起身加点热水……半小时后，保姆去倒水，老爸眼角缓缓滴出泪水，女儿，这种感觉，我一生从来没有过。

百灵的爸是个退休的中学教师，年近70，儒生气质，追求雅致，绝不是他身旁这又老又丑的农村女人所能匹配的。百灵接到老爸要再婚的电话，连夜赶过去，怎么看都怎么的不舒服，双手叉腰，毫不留情地骂保姆，我妈是个大美人，哼，你腰却有水桶粗……立即投反对票，连夜回沪搬兵。

丁克家庭的百灵40多岁了，姿色犹存。回沪就对老公文碧喊，前年我为爸请保姆，担心他不满意呢，谁知他要娶这个保姆。百灵甩掉行李又叫，我不反对他找个伴，只是得找个好的嘛！

百灵请自己文学院里的书法家写副对联。翌日，夫妇特意给爸爸送去。在小厅里，他们让爸爸分享横批的五字爱情观，文碧微笑，爸，爱情只能是精神灵魂的门当户对。百灵瞟一眼外头的保姆尖叫，爸，人就是要找个能说上话的！老爸坐沙发，闷声不响。

午饭后，百灵和邻居退休的英语教师搭讪。百灵看得入神，要是这位配上老爸，才天造地设的一对。邻居听说百灵的老爸要娶保姆也吃惊，却微笑着说，喜欢谁，究竟是你爸的事，女儿再孝顺也代替不了身边人。百灵嘶哑着声，老爸看我似仇人。是坏保姆挑拨我们父女的关系！

下午，百灵哄老爸去看心理医生，老爸一时气短，我还在著书画画，下棋常是赢家，脑袋会有问题？女儿啊，我很早就和父母兄妹断了联系，现在孤寡一人，只希望有人陪我，你能吗？

万籁冷寂的夜晚，百灵躺在床上感觉火山即将爆发，对文碧说，我爸是20世纪60年代中期的大学生，穷乡僻壤庄户人家的骄子。我妈出身名门，靓丽照人，男同学都喜欢她，唯独我爸捕获她的芳心。

文碧苦笑，就像我娶你，娶到你妈是你爸的光荣，他言谈举止

第一辑　与梦同行

都要追上你妈,似爬珠穆朗玛峰连滚带爬。

百灵如妈妈天生丽质。香梦沉酣于亲密爱人的宽容和疼爱之中。她揉揉眼说,我妈追求靓丽,不肯生育,我爸不敢反对;总算生了我,不愿再生,我爸依然应允,不惜违背爷爷奶奶要求他传宗接代的迫切愿望,从此断绝联系。夫君,我们要给他的爱"止损"!

嗨。文碧昏昏欲睡,朦胧中,一双求救的手从茫茫苦海中伸出来。婚后,你爸为了爱,为了至高无上的爱,昂扬着爱的大旗而奔赴人生的苦难。每天教完书,包揽一切家务,从买煤买米买菜,到洗菜做饭洗地板,甚至铺床叠被洗你妈的内衣裤……

百灵也在疲倦中睡去,突然踏入仙境。见妈妈袅袅娉娉而来,身着粉红的连衣裙,戴白手套,脚踩高跟鞋"嗒嗒嗒嗒嗒",如高贵的皇后驾到。顿时,宿舍蓬筚生辉,香气袭人。爸爸连忙从厨房走出来,低头接过我妈手中的包,又送上拖鞋。我也似娇贵的公主,从小被我爸捧着宠着。然而,然而……唯独我可怜的爸不像皇上,更像个低声下气的男仆!

百灵耳闻天籁,爱是人生最好的相遇,幸福,是指尖流淌着的温暖啊。突然,身体激起许多鸡皮疙瘩,低声抽泣:爸,你只是爱情的奴婢。在婚姻里,你诚然遭遇一场铺天盖地的暴风雪哟!天籁之音尤其清脆,点燃百灵的心灯,男女成婚要完满双方的人生。只有那种不合适的,不合适的才打劫了对方的人生呀。

梦醒,百灵宛如回到昨夜,感受到一种温馨与和谐。饭后两小时,厅里缥缈轻音乐《梁祝》,保姆端来一盆热水,先拿靠垫将老爸的

与梦同行

腰背垫舒坦了,再蹲下身子试水温,让老爸的脚放入。然后,保姆双手握着老爸的脚,轻轻,轻轻地搓揉。一会儿,又起身加点热水……半小时后,保姆去倒水,老爸眼角缓缓滴出泪水,女儿,这种感觉,我一生从来没有过。

文碧惊呼,生活美,跟人的相貌没关系!百灵顿时脸庞发烧,差点昏厥。

百灵逃离梦魇,一个念头如毒蝎蜇得她疼痛万般,浑身震颤,娇妻仙逝不久,老爸就要娶丑陋的保姆。距离,产生的不是美,而是诠释爸妈不堪一击……不堪一击的爱情呀!

雄鸡啼鸣。阳光争先恐后跻身阳台。百灵发觉老爸已坐在厅上,一脚践踏那副对联——曾经沧海难为水,除却巫山不是云,还笃笃笃戳着横批问,死了都要爱?居然,以死相逼。人皆有恻隐之心的,爸爸决然的态度叫百灵顿生深切的疼惜之情,柔声叫爸,等会儿让文碧载你们去登记吧。我再陪你和继母过些日子。

突然,甜蜜而忧伤的一缕暗香浮动,幸福,是爱和被爱做加法!百灵轻手轻脚回房唤醒文碧。在洗手间,给文碧拿毛巾再放一盆热水,自个才盥洗。文碧受宠若惊地问:老婆大人,天下红雨了吗?

百灵羞涩地笑笑,看见知心爱人的眼里充盈泪水。

第一辑　与梦同行

幸福没有那么贵

　　托大家的福，我享受优渥的退休待遇，只要想怎样就能怎样啰。 吃晚饭时我笑呵呵地说。儿子不解，那你干吗还要摆地摊？

　　是呗。我不和人争摊位了，既挣点钱又交了朋友，活得轻松又幸福。

　　我后悔当初和那老汉抢摊位。

　　说起老汉，我只有唏嘘。我退休后，在闽南古建筑群的孔庙大门口，摆个小工艺品摊，生意不错。我像古诗里的老渔翁——青箬笠，绿蓑衣，斜风细雨不须归，我做生意三天打鱼两天晒网的，也就快活如神仙。遇到刮风下雨或赤日炎炎，我不是在家休息，就是带孙女去工人文化宫、刺桐公园逛。休假日，也会随儿子一家去自驾游，有时到永春的牛姆林看史前的恐龙草，有时到崇武古城观浩瀚的大海……

　　只是一天，我摊位边来了个陌生的老汉，专卖独具泉城特色的小礼品。

　　这是我开拓的摊位。我似个地痞，誓和人敌对的狗模狗样，愤怒地说，让你，门都没有！愤怒的一霎，我智商为零。自此，竞争开始了。天寒地冻，我也天天上位。惊蛰时分，雷声滚动，还下着骤雨，我却八时就到了。邻居小何要上班，看见我出勤率蛮高，眉睫一提问，大伯，今天不歇歇？我苦着脸应，有人跟我抢生意，我早点来，才能多做生意。

就此，我和老汉较上劲，一个比一个来得早。即使是炎夏的中午，石板地面气温高达四五十度，也都情愿在位上汗流浃背。那天，小何看我咬牙坚守岗位，忍住笑，大伯，你抢钱啊？当心中暑！我一摸脸，感到模糊一片黏黏糊糊的液体，不知是汗水还是泪水。但我和老汉几乎要拼个你死我活似的，谁都不先行撤退。

可不，出事了。那中午，老汉晕倒被抬回去。傍晚来个中年人，悲戚地说，我爸天天都来摆摊，可多赚点钱就幸福了吗？遭罪呵！原来，老汉暑热灌脑得急病去世了。嗨。也奇怪，我天天跟老汉较劲一点不妥协，脑筋不转弯。可这死讯似把大刀砍下来把我劈成两半，喊声你死得不值！顿然觉得他的死和我最有关系，我竟把这老汉当成半个亲人，呜咽起来。他儿子也劝我，摆摊只是玩玩的事儿，万万别下了生命的赌注。

夜来，我在古建筑群中散步，月光被踩得似落叶随风飘下，簌簌作响。我恍然剩下半条命，一屁股跌在孔庙的石凳上，不觉打个盹，魂游四方，生命，比薄胎瓷更易碎！人的旦夕祸福，往往只在瞬间，有的还附带着过错，有的还牵连着罪行……好在时间是把刷子给我洗脑，我开拓的摊位，老汉也可以摆。

翌日庙会，孔庙门口锣鼓喧天，五色彩旗飘扬，好戏连台。正值盛年，才华横溢，风流倜傥的孔子径直朝我走来，叫声工艺大师，附在我耳际说了四个字，宛如太阳照在冰上，立刻化成一股清泉，汩汩地流。

此后，我仍一个人摆摊。节日，也常跟老朋友到伊斯兰的灵山圣墓，摇曳美妙的风动石碧玉毯，或到津淮街的关帝庙，焚香磕拜红脸的关公……那天，小何在开元寺的桑莲古树下碰见我，言犹未尽，大伯，没人跟你抢生意吧，这么悠闲！我眨几下眼，痛恨金钱也痛心自己，对他说了开头那句后悔话。

这日，我姗姗来迟，又望见一个外地的老汉占我的摊位卖古董，我快步走过去喊：喂……这是我的。

那老汉也如一头公牛怒气冲冲，是你的，你干吗不脱裤子围住？

我的坏脾气正待发作，眼前却是死去的老汉悲伤的脸庞，瞬间，我喉咙咕噜：要不是我，老汉就会像我仍轻松地做着生意呢！我抿着嘴，眼角的余光小心地落在对方身上。脑际再现庙会上我碰到孔子的幻境，会心之处不在远哇！我觉得人与人之间的关系好坏，只和各自的心性有关了。而且，据说控制坏情绪是一种人生最高境界。我已经淡然。就在新来的老汉旁边摆着，友善地笑笑：今生刚好碰上了，是一种缘分。此后，我还带上跳棋，利用空闲就跟他摆开阵势。有时，我俩还你争我赶忘了回家的时间，都觉得就似亲兄弟了。

托大家的福，我享受优渥的退休待遇，只要想怎样就能怎样啰。吃晚饭时我笑呵呵地说。儿子不解，那你干吗还要摆地摊？

是呗。我不和人争摊位了，既挣点钱又交了朋友，活得轻松又幸福。

幸福没有那么累

——歹竹出好笋！陈姐惊叫，揪住我儿子，神色严厉，年轻人，你也等死吗？

你儿子儿媳呢？

居委会的陈姐送来救济金，见孩子爸生病不起，叹口气，凄风苦雨呀！又说你又一手残废，每天能卖多少菜，也等死？

在陈姐眼里，我60多岁，瘦小，穿的衣服灰不溜秋的。陈姐有所想吧，执意要见我的儿子儿媳。

本想儿子娶媳妇，日子会好起来。我小声说。心里直打哆嗦，我是只浑身湿透的鸟儿啊，又冷又饿，张不开翅膀，梦里常遇见要置我于死地的魔鬼！我低声哭泣，嘴呶一下。陈姐去敲门。半日，儿子探出头来——歹竹出好笋！陈姐惊叫，揪住我儿子，神色严厉，年轻人，你也等死吗？儿子本在鞋厂做下料工，又脏又累工资低。平日，在家常对父母拳打脚踢。结了婚，工不去做了，有时还骂骂咧咧向我要钱。我不好意思地说。

儿媳呢？陈姐眨眼。我心里五味翻滚。怎么，你嘴唇乌青，脸色深白？！陈姐急了。孩子爸剧烈地咳嗽。儿媳露脸了，个大，皮肤黑，额头高又向前突，急迫地问，救济金呢？

你……陈姐摇摇手中几张钞票，劈头盖脸，社会救济你这样的年轻人？咕哝往外就走。儿子的房门，咣声关上。我对着门白了几眼，一口痰往上涌，腹中胀气，我巴望这点钱买药，被你扫帚星……我望着陈姐背影，头疼欲裂，气不打一处来，跌坐墙角，放声哭了。

哎哟。陈姐陪同派出所所长回来了，又追问我开头那句话。

我看着穿警服的，心吓了一大跳。阿弥陀佛！我一手撑起身子，双手合十似拜佛。

气氛一下紧张起来，粗言野语骂我的败家子，立刻哑了。陈姐很大声，批评是大粪么。庄稼一枝花，要想长得壮，就要浇大粪。我让小夫妻说说不去打拼的理由！手拿两张纸，嘭嘭嘭又敲门，叫我儿子出来。

儿子读到初中，却写不了几个字，坐在桌旁面如白纸，眼睛空洞地盯着房顶。谁骂声，空有一副好皮囊！我读过几年书，一直不懂得教孩子，陈姐讲的很耐听，当年你没读进去，枉费父母心血。如今快做爸爸了，还让父母养活你和老婆。天打雷劈的！

所长瞪眼儿媳，跟我进厨房，亮开嗓门，大妈，你怪可怜的。儿子三十几了，还向父母撒娇！儿媳把写满的一张纸，递过来。所长回到小厅。哦，你读旅游中专。陈姐也看了儿媳的检讨。儿媳抬不起头，我同学都到酒店工作。我没人要。所长面露喜色，你想有个出路？好！陈姐也笑了，有文化，管仓库做质检，都行。儿媳的眼泪悄无声息掉下来，羞愧了，说她不想宅在家里。所长对我说，有位老板要聘个仓管员，让你儿媳等会儿随车去应聘。儿媳眉开眼笑。

与梦同行

儿子张开河马般的嘴,眼球发光。一会儿痛苦地埋下头,缓缓侧目,我犯罪了,杀父母。咔嚓,闪着寒光的手铐锁住我。我不知怎么会做这种梦?啊,他梦里杀我们?我汗毛倒竖。也许,最亲的人给的伤害最深!这是为什么?儿子瑟瑟地说,我想去做工又怕被人瞧不起……听别人讲精彩的人生,我更怕脊梁骨被人戳成个筛子……陈姐说,你左右为难,不如试着去做点事,先解决经济困难。催促他,回原来的企业吧。咔嗒!儿子大白天扭亮电灯。

儿子回鞋厂做了,儿媳去服装厂,居委会还给孩子爸办住院呢。如从瞌睡中醒来,我家烦心的事全没了。我热泪滚烫,心里也检讨,儿子从小到大,我们都觉得给他吃好穿好,就算最好的父母了。也许经历无数次哭泣,总有一次,总有一次么,让我片刻觉悟,世上有些坏事都是好人干的!

孩子爸病重难以治愈,半年后含笑死去。

门口龙眼树挂满金黄的果实。一早,陈姐和所长来看我。别误会啊,不是送救济金的。我以为陈姐会接着问我儿子儿媳在哪呢,不料,儿子儿媳已迎上去。儿子微笑,我们管人事的说,交朋友是第一生产力,我是交上好朋友啦!谢谢。儿媳捂着脸,偷眼她帅气的老公,笑得口水流出来,所长,是你给了我跟企业最好的沟通。我老婆子满脸泪水,突然,觉得身上生成一对金色的翅膀,飞向五彩云朵间。

陈姐和所长走了,那夜,我梦见他们不时到我家串门,就似在走亲戚。

第一辑　与梦同行

幸福没有那么难

我家7岁的小明推出"暑假跑腿服务",是父母让出空间,哦,但伯伯和我,还有张伯,不只是为孩子们让出空间。

我乍听小明说要跑腿挣钱,还以为是说着玩。父母商量好,既要让孩子学习、锻炼,就不在后面跟,有事他会找保安帮忙。

小明,当然聪明,好奇、嘴甜,更是我的小样。一日,他帮我打扫卫生,突然问,同学干家务都有报酬,我为什么没呢?我骗他没钱。小明又问,那么,我去帮别人干活,是不是有报酬?我说试试,就帮他准备两种卡。"普通卡"是扔垃圾,拿快递,或到小区门口代买东西,一次1元;"包月卡"则是一天一次,月优惠价20元。背面有小明画的一张笑脸和我的电话和微信。

小明的"暑假跑腿服务"开始了,头天帮14幢一个姐姐和18幢一位奶奶扔垃圾,拿到2元。第二天,帮21幢徐大伯扔垃圾收入1元,还收包月预付20元。第三天,小明的英语兴趣老师请他去打扫教室。我们打扫完还清洗门窗、桌椅,干了半天收入120元,母子四六分。只三天,小明算是挣到95元。

我是小学教导主任,他爸是高工,家庭条件好。但生小明我说,抚养和教育,才是沉重的命题呢,我们有思想准备。这晚我在娘家门口遇到老邻居，张伯听我汇报他儿子的表现，就搓手顿脚，我只有这个儿。如何是好？我冷淡得很，教养后代，学学别人。

张伯似被火烫一下，抬起头，看见天桥的餐具地摊边几张如花的笑脸，听见如歌的吆喝：帅哥叔叔，美女姐姐，多买几个给优惠价喽！我说，你看看，你看看，孩子的爸妈都像我那样舍得。

张伯老来得子疼得宝贝似的，孩子书读不好又调皮。你别看年近古稀的老头儿貌不惊人，却如永不停歇的时钟，手脚够勤快。在寸土寸金的街头小店，卖海峡都市报、东南早报，还有百花园……走廊，张妈占道经营豆腐花，还卖果汁、矿泉水，甚至上烤红薯、煮甜玉米。他们常年不自觉，把我妈的门口都占了，我妈吐口痰骂——差点脱裤子把我家门口给围了；我抹不开脸只跟张伯开玩笑——全世界的生意都让你做啦！

再望天桥，霓虹闪烁，彩色的什锦盘、叶状水果盘、精致的小杯摆一地，不时有人挑选、购买。12岁的甜甜斜挎肩包，蹲下整整餐具，拿出账本写写，偶而抿嘴笑。9点，家长送来馄饨便当。几个人边吃边打闹，跟走过去的张伯分享秘密，指指我窃笑。

不觉间，我打开微信听到伯伯留言：王芳，你希望把孩子培养好，观念的改变才是根本的改变啊。我看那餐具摊，想想我家小明的"暑假跑腿服务"，噗嗤一笑，我是受伯伯的耳儒目染。去年放假，在荷兰的伯伯让大学毕业的堂弟一路挣钱，自费去印度旅游。我又见到伯伯隆重做生日高朋满座时的画面，堂弟风尘仆仆回到家，突然嘴翕动着，我在外面风餐露宿，你们在家却这么讲究！坐下就要吃蛋糕。但伯伯乜斜他一眼喊：且慢。你必须清楚，爸用的是自己的钱。堂弟一时发愣，又立即领悟，气得丢下盘子喊：不吃不吃，我不吃你的蛋糕！如跟家人永诀般跑出门。

我关掉微信不料自拍，手机摄下我高高的个，充满期望的笑逗留在唇间。我温柔的眼神离开镜头转向张伯和我的学生，说，我家小明这暑假能挣到300元，要完成三个心愿：一、拿100元，给环卫工人买茶水喝；二、拿100元寄给个孤儿；三、剩下的犒劳自己，请最好的朋友去享用美餐。我微笑，是我给儿子学习、锻炼的机会和挣钱的权利。

张伯不信，宝宝才几岁，别人还在怀里撒娇呢。他在国外的爷爷奶奶舍得？我点头：我让小明受锻炼又减少依赖。这就是我们对小明总是说没钱的初衷。

顷间，我的眼泪划过面庞沉浸在昨夜梦里，台风骤起，小明还没回家，几个叔叔阿姨帮我找他。但我立刻回到现实，人们都懂，工作是种责任更是一种权利。孩子的成长，需要机会嘛。我便责备张伯：你别把生意都抢着做，是不？把你儿子，还有许多年轻人的学习、工作机会全占了。

吴伯魔怔，突然咧嘴，嘻嘻，我让儿子也学做生意！立马叫一贯袖手旁观的儿子，帮忙卖报纸。

我家7岁的小明推出"暑假跑腿服务"，是父母让出空间，哦，但伯伯和我，还有张伯，不只是为孩子们让出空间。

红脚盆

那时，女人抑或迷惑，是不是洗脚制造了一种魔方，使蜗居幻化为爱情魔地，男人才施展奇特的魅力？

天下起了细雨，小镇的人惊讶地看着一个女人，头顶一个红脚盆，寂寂地走向车站。

那年离婚后，刚才头顶红脚盆的女人，很快奔波到南方闯荡出自己的天下。欲海人流中，她认识许多潇洒的男人，可是她只能淡然以对，总觉得他们缺了点什么。

一个深秋的夜晚，女人滞留小城。在她把脚放入热水中泡的当儿，突然，有一种温暖而舒适的感觉传遍全身，她立即想起了以前常为她洗脚的男人。

在大学的最后一天，他背着简单行囊，随心爱的姑娘来到她的落脚之地，谋了个不尽人意的职业。但是婚后生活，叫人沮丧。

"到口的肉又掉啦？"女人下班见散缀一地的白瓷片，便知上午发生了"分房事变"。

然而这时，男人已走出歇斯底里，抱歉地笑着在一旁清扫碗碟的尸骸，有些心慌气短的。

"咱要什么就立刻没什么，有鬼跟咱作死对头似的？"女人任性了。

"没……没事。"男人说没事就没事了。

恰好一个同学来访,是否有意捣鬼未可知,他往窄小的客厅里,塞满那位"校花"高嫁权贵,那位曾狂热追求女主人的人如今资产几亿的话题。

同学走后,女人窝在沙发上一声不吭。

"怎么了?"男人撵她去散心时关切地问她。

女人长叹一声:"没劲。"

"请别多想了。谁不把过好小日子当作人生之大乐?过日子就得平平实实。"

"平实?"女人柳眉竖起,"那为啥有那么多人住着别墅开着轿车放着影碟吃着生猛海鲜?你真无聊!"

"你才真正无聊!"男人又发作了,重重地甩出一句话,摔门出去。

女人愣了愣,委屈的泪水顿作倾盆雨。哭着哭着,渐渐地睡着了。可当她心房的窗棂打开时,男人已经把她抱离小厅,正蹲在床前细心地为她洗脚……

一次次洗脚,一次次和解,但最后的战争和最后的解决方式还是面临了。记得去办离婚手续的前夜,男人照例端来一盆热水。

"各洗各的罢。"女人冷若冰霜。

可话说高手吹笛,没人舞蹈行行?男人满头乌发骤然泛白。"请再给我一次机会吧?"他恳求女人。

女人的心忍不住一颤，才慢慢地伸出脚。

"你知道我想什么？"男人有点恶狠狠了："我很想把你的脚一下扭断！"

女人疼。她想起"分房事变"等伤心事，才捅出胸中积郁陈年的块垒，那是男人的心病："你那高干父母挺疼你的。但谁也无法忍受他们给独子的如此厚遇！"

男人居然出奇平静地说，我知道。然后，却翕动双腮，无语凝噎。只是当他端起洗脚水，走向氤氲死灰色雾霭的屋外时，才说了一句话："不过，我要你记住，洗脚不仅仅带给你温暖和舒适的感觉！"

一个深秋的夜晚，女人重温洗脚的功课时，男人那张笑脸再现在眼前：温存多情又单纯可爱，宛如那盆热水。他轻轻地、轻轻地挠她的脚心，挠得她眼噙泪珠却"咯咯咯"地笑了。

那时，女人抑或迷惑，是不是洗脚制造了一种魔方，使蜗居幻化为爱情魔地，男人才施展奇特的魅力？那夜，男人气儿挺足。玉液琼浆隐遁入女人最热情的部位。女人醉了，睡去。

然而，刚刚嗅出洗脚醉人馨香的女人已惊奇发现，男人原来就是一个大脚盆啊。她怦然心动：红脚盆后蕴藏着男人极大的耐心哩！

几天后，女人回到昔日小镇，迫不及待地打开门，那脚盆红红的，挺入眼，还在那里！但是男人已迁回原籍。于是，女人就丢人现眼地顶着那个红脚盆去车站。

"但他还想用这脚盆吗？"女人上车时嘀咕。

第一辑　与梦同行

回　家

好人！好人就都干好事了吗？——题记

东方大银行！

大妈看到以前很熟悉的地方矗立一座大厦，金碧辉煌的大银行就在那位置上，头一晕，扑通一声倒在地。

时间的沙漏沉淀着无法逃离的过往：那年那夜，红漆大"拆"字涂在每家墙上，有人高兴有人愁。大妈说，我指望我的店呢。我不签协议！眼前，时光造成错觉，她眼前还晃着那一爿小店，哭得天昏地暗。

晴空湛蓝。大妈叫小志。哇，以前的邻居小志手拿警棍，跟那些拆迁的穿相同制服！那天，几百名男子从卡车跳下，黑压压就像群大乌鸦。

干吗你们想拆就拆？

寡妇强硬惯了，不让拆迁就像泼妇，两手叉腰站在店前破口大骂，骂得流浪狗夹着尾巴逃，骂得雷鸣也电闪，骂得天空突然下起汤圆大的雨。

半夜，天如个大黑锅，大妈发觉村口被占。几群人身着避弹衣，包里装满石头，一手拿钢盾一手提长刀，进村要拆房。村长来了，

与梦同行

迷惑得很：那天市领导来调解有许诺，只要我们不再闹，城建的就不敢动一砖一瓦？可……目前来这么多人，开始丢石头了。他犹豫一下，只得带头反击，抓住几个人质，隔空喊话，你们派代表来，却没人理睬。

村民手持木棍、铁铲、石头等守在村口大妈店前。四十多年前参战回来的周大爷手提个锣，似《平原游击队》里的老爷爷，但不是喊"平安无事喽"，而是"哐哐哐"召集村民保卫村庄。小志眼迷离：干吗？拆了旧的才有新房，人家是为我们好。

这些刁民无法无天！大妈耳朵听不进小志的屁话，灌满的是拆房的人阵阵嗷叫。双方对峙到翌日，几个穿制服的被捆绑在地上，眼在转，心疑惑：建筑公司说政府有批文，"拆"字也似大印盖得到处都是，拆房不就是和人喝一壶酒的事儿？侧耳听到叫嚣，知道自己人又进攻了，于是放下心，只等回去领奖金。

大妈过午才捧起饭碗，看到许多灰色的气体涌来，急忙捂住碗。大爷叫她快关门！大妈是哭泣谋生的小店就要被拆吧，突然，泪水流淌。穿制服的手持盾牌，一面掷汽油瓶。村长叫村民把汽油灌进啤酒瓶，抓起汽油瓶也抓起石块砸过去，同时吩咐防火。大妈被臭味呛了，却嚷：今天不卖烟。

村民打退几轮进攻，村长觉得情况扑朔迷离：城建局有大项目，我们村在计划内？周大爷动动胡须，你务必弄明白，周边都在动。几场暴雨，村里几百亩蔬菜全被淹，现在仅剩一条排水沟！村长说时，村民报告打死人喽。村长顶起脑门褶子，点根烟又掐掉。不幸

48

第一辑　与梦同行

的记忆融入落日的余晖，脑中闪过，昨晚至今就打过无数次的"110"电话。可一天多了，"110"才来？他跑过去，看见双方都有死伤。"110"已拉起警戒线。邻村的沥青路面，还残留着棍棒、汽油瓶、军用挎包和大滩血迹，建筑物却挂满所谓的"和谐发展，共同发展"等红条幅。

大妈向"110"哭诉，这店被拆，我没法活！

红漆"拆"字悬半空，村里怪事不断：村长的儿媳进城买衣服时被人扎一针；大爷那夜发现家里蜿蜒着几条褐色的蛇……

我的店啊！大妈收起记忆的卷轴，用头撞银行外墙，血都流出来了。

但有谁理睬她？大妈捂着伤口，在这繁华的中心广场低徊，骂起当兵的傻儿：你当时安慰我有政府管呢。结果，结果，我没签合同，这单位不是照样大厦在破房上面起？又嚎，我在山边的经济房开一家杂货店，连只苍蝇蚊子都不见。

下午，大厦保安领工资，小志心情好，就叫声大妈。

邻小志脖子挂条沉沉的金链，手上的表铮铮发亮，大妈就问：发横财？

小志趾高气扬。大妈两手弯在胸前如抱琵琶，脸上露出慈母的微笑，小志啊，你小时没奶吃，得"猴枣"快死了，我喂你半年的奶！

小志摇头。大妈不禁眼发红，如成熟的苦桃。

大热天，银行的顾客惊觉：一个白发魔女，身穿破衣裤弯着背，蹑手蹑脚闪进空调温度调得令人很舒适的大厅，坐在豪华的大沙发上。

　　黄金宝地！

　　大妈身体轻盈，魂飞天外——

　　说到哪儿呢？小志。哦，发财！

　　大妈，你懂吗？拆建都是市里盖大印的，又环顾四周，我不在编，每月也领2000多元补贴……突然咋舌。

　　只是人往往有不吐不快的话，他又说：管理的肥得流油，福利高得叫你不敢信！

　　哪来高腐利？大妈嘴漏风。

　　小志唤醒她：关门喽。

　　我讨不回我的店了！

　　大妈醒来，一屁股坐在地上哭。经理呵斥，其他保安赶乞丐般赶她，小志嗫嚅，这是我妈。小志眼中，敲锣的大爷死得不明不白！村长儿媳疑似得了艾滋！！他半扶半推大妈来到广场时喊：城建局拆那么多房子干吗？大妈你不知道，大银行每月交好多好多租金呢。

　　强取豪夺。大妈又问：

　　——局里也给上面很多钱吧？

　　大妈的神志，突然从来没有过的清醒。

　　可谁会听疯子说话呢？五年前，不知是谁，绑起孤苦伶仃的大妈送进疯人院，大妈没病也就病了，最近清醒才出的院。

　　只是大妈记起一件事，上刀山下火海也无所畏惧了，拼命地鼓掌。那是某局长也进疯人院，常抱住脑袋拎不清：被查办的为何都是能干的干部呢？医生"哈哈哈"：你能干吗？那是老百姓往往人单力薄罢了。

顶尖化妆术

我们问自己：爱情无私吗？一齐肯定，婚姻有风险。

你若深爱一个男人，请不要把他当成生命的全部。

这是刘芳开课第一句。

它把我的思绪带到一个月前，在律师事务所里，我手拿协议，满腹牢骚。对，为三十年的付出却得到如此高的"奖赏"！

这时，我遇到失联多年的刘芳。她给自称跟中纪委领导很熟的人大把大把的钱，却没把丈夫保出来。哦，她丈夫是大房地产商，因为协助调查某高官的犯罪行为，自己行贿也被核实而入狱。捞人？我说你傻。律师也说，骗子就是相准你们这些傻姐儿来的。哈哈！

呜呼哀哉！我叫声刘芳，你别洋相出尽啊，凝视她说，因为你老公也要为他的人生负责。就谈到我前夫。时光退后，我漫步潮湿、阴暗的新房。他搂紧我说，让他一辈子爱我！那次，他腰椎骨折，几次手术也丢了工作。术后，医生按摩一次要一百元，我要通宵打三万字。他创业前三年，我除了教书什么活儿都接，还向父母借钱。一次停电，我驮一百五十多斤重的大块头上楼按摩，气喘吁吁，他谢我的话，让我差点溺死在幸福的梦乡。

最深的呼吸和着柔风，伴随我心中的不快，我口干舌燥，向律师要茶喝。一愣神，人已走进宽敞的套房，我开桑塔拉送儿子上学了。春节，一家人欢聚一堂，他说我只要做个好太太就行！十年后，他在福建买别墅说是我怕冷。又几年，我陪儿子去美国读书，他给我买玉镯说能避邪。五年前，他给我白金卡让我尽管花钱。他置几套别墅，都是我跟班装修。红木家具，富丽堂皇，跟昔日的京城地下室比照，是水火两重天啊。刘芳的叹息沉甸甸，姐，我俩竟如个模子倒出。

真的啊？那你小心点！蒙眬中，走出美国的那套大宅的我中年渐暮，早年落下的毛病难治愈呢。秋风秋雨愁煞人。那几年，他忙，只记得节日送我礼物。我四十九岁生日，秘书送来坤表，说值一百多万呢，嗫嚅着，他……秘书与其是欲说还休，不如说让我知道我老公生存空间大了，有更高的需求呗。我瞳孔放大，全身剧烈地颤抖。几秒里，我人被黑暗完全吞噬，心却跳如擂鼓。台风骤起，一声霹雳。我在美丽的半月湾迷茫的天穹下哭嚎狂奔，任凭瓢泼大雨浇淋，不禁摊开双手问上苍，我怎么会什么都有了，却什么都没有呢？！天不应啊地不灵的，我怨气填膺，那个着最时髦的上海旗袍，柳眉细长，瓜子脸，优雅纤长的靓女跑哪去呢？瞬间，我见棵相思树被连根拔起，手臂愤怒地挥动着像熊熊火焰在燃烧。说到愤懑处，我又嚎啕。刘芳眼里散发着惊慌的神情，为我擦泪，臭骂男人怎么都这样。

我坐在律师事务所，神情恍惚，他一纸协议，就把我当一滴水

第一辑 与梦同行

抹掉？不胜嘘唏，十年前，他脂肪肝，我让他增加青菜、蛋白质、维生素的摄入，还督促他每天游泳、跑步。三月后他查指标，啊，都恢复正常！大前年，他胃大出血，从哪个不要脸的那儿回到我身旁。一年到头，我抛弃怨恨日夜守护在他身边。似看见太阳从西边升起来那般的兴奋，我双肩如跳抖肩舞说，你终于抽出时间陪我了，或者说，有时间让我陪你了！

我呷口茶，从幻境中走出来，那时，我已沦落为感情乞丐！都说爱是最崇高的美德，都说女人为爱人吃多大的苦受多大的委屈，都是心甘情愿的。哼！我忽然举脸叩问天，女人的至善至美竟成男人吃定你的死穴？女人的忠贞不渝竟成自讨苦吃的把柄？女人的温柔体贴竟成人生不可弥补的缺憾？我腾地站起，掷地有声的音节已成了一把把铲子，挖出个深深的陷阱，阴森可怖，里头白骨成堆。这使刘芳呆若木鸡，之后嘤嘤而泣，坐立不安了。

我深深的喉音缓缓地颤着，扬眉对刘芳说，我对他的轻蔑深藏于心，几次在梦中都喝问他，你不是让我允许你，爱我一辈子？挽着刘芳的手臂我吐气，什么"金牌保姆""高级管家""宽容太太"，都是令我三更无月般眼前漆黑的事儿。我质疑，女人一旦离婚，家务劳动能给多少报酬？情感付出能折现吗？

刘芳撇撇嘴，说姐，血本无归呀。如看到钱塘江的鬼潮，她噼里啪啦，我情感也受尽折磨也尝尽苦头！啐口水，让他狠狠跌一跤也好。痛定思痛吧，吐出的音符顿时砸出一个个的坑——不……管……他喽！

我们问自己：爱情无私吗？一齐肯定，婚姻有风险。

至此，傻姐至少掌握个颠覆不破的真理，斗米恩，担米仇！我丢掉《离婚协议》，和刘芳开课讲"顶尖化妆术"。

在"女人投资自己"的沙龙里，我说爱，要彼此更优秀。傻姐们耶，女人唯有创造一个全新的生命！

并蒂的红白玫瑰

我从噩梦中惊醒，难以摆脱恐惧：我和母亲的婚姻一个走向！

红玫瑰，你的纱巾，扎在学院那漂亮的勤杂工脖颈上了。收到闺蜜的短信，我气愤得把厅上的大花瓶推到。

这是母亲节的事。天响霹雳撒起雨，我大哭大闹，昏沉睡去，突然看见：我睁着一双惊恐无神的眼睛，人完全变形，连站都站不住，仿佛得场大病。翌日醒来，却把噩梦丢一旁，仍一如既往地煮饭洗衣，安排女儿吃饭上学。瞥眼丈夫达华，慢吞吞地刷牙，我如一挺机关枪把他扫射，老婆伺候你，你还不满意？

休息日，学院教工宿舍旁的雄鸡刚啼，我就投入家务歼击战。我本来心理就不平衡呢，他却不爱我这朵红玫瑰了吗？我在音响公司上班，达华在学院教音乐，他显得年轻，满腹才华。前天，几个朋友搞错了吧，竟做我的思想工作，说女人头脑不自由，总会被习惯拉着走。你应该像当年那样热情奔放，追求真正的爱情。

我能吗？我腹背受敌,滴下泪珠,又揉揉鼻打个喷嚏。哈哈哈哈！

幸福是自己赚来的。包括你丈夫的爱……没等朋友说完，我跳起来，可我工作之余，摆着没完没了的家务，我懂得对丈夫人道主义吗？你去帮你老婆做些家务吧。我反唇相讥。

朋友不管我了。我和达华转入冷战。岁月是把杀猪刀啊，紫了葡萄，软了香蕉，老了红颜。冬日凋敝的寒夜里，达华在叹气，多么像父亲生前的痛苦和无奈啊！当年每日傍晚，从企业下班的母亲，煮完饭菜，就双腿跪地擦地板。星期六晚上，她大扫除，还把洗的被套放入薄米汤里浸泡。隔天，被套经艳阳一晒，就有种米香和太阳光融合的美韵，一动它，就发出"沙沙沙"美妙的音乐。下午，母亲总是弯着腰，把锅碗瓢盘洗得透亮又透亮。天哪，父亲却说她不是好伴侣！自今，我还是觉得，按照模范丈夫标准衡量我早逝的父亲，他绰绰有余。他教好书后，督促我们读书，还喜欢下棋或徜徉在古诗书香里，遗憾的是，母亲也说他不是好伴侣。陡地，一个大问号跑出来，两个好人，为什么没好婚姻？

夕晖炫目，我在拖地板，达华回家时强笑着说，我们去听音乐吧。

没看到地板未擦完吗？我咬牙切齿，却呆住了，好熟悉的话呀！赶紧转换话头，你……要的是什么呢？

我突然被高速飞来的足球命中。我母亲维持婚姻的方法，就是不断做家务。可这种执着的爱，不是我父亲想要的。我从噩梦中惊醒，难以摆脱恐惧：我和母亲的婚姻一个走向！脑子飞快旋转，达华把

与梦同行

我们的定情之物——绯红的纱巾，转送学校的勤杂工是什么意思？！我心头虽迷茫，但还是收起拖把，去化妆、吃饭。

我们家里脏点没关系。路上，达华开着车说。

我以为，你要家里干净，有人煮饭，有人为你洗衣服。

那都是次要的。

就此家里雇了保姆，达华分担买菜事务，我才有自由的空间追求我要的。我们各自列了需求表。让对方活得更好的愿望，如一支金笔描绘出生活的新图象。我一有空，就为他倒杯水，两人说说话，听听音乐。每天，我们的窃窃私语、拥抱、吻别等，都成了必修课。我累时，他会放首《梁祝》；得闲时，我就策划一次旅游。我们都有敏锐的音乐触觉，常成双成对来到红墙绿栏里。当优美的音乐溅入我耳蜗的一瞬，化成一股醇香的气味沁入身体，安抚我的心灵。周末下午，我们唱完歌回家，那勤杂工在大门口拦住我说，她捡到的纱巾，要物归原主。我望达华一眼，满脸疑惑，这女人是你的白玫瑰吗？只见达华对勤杂工报以感激的微笑，然后，拥着我回家。顿时，时光倒逝，我们青春绽放，仿佛回到当年师生热恋的岁月！

新春，我们在酒店庆祝结婚十周年。亲友赞美当年名校的红玫瑰，热情奔放，内涵出众，光彩照人，歆羡我们是互为的"水中倒影"。朋友说，婚姻和爱情零距离，在于你愿意改变自己。对不对？达华身心愉悦了说，他不想让前世五百年的回眸，只换来今生的擦肩而过。对我倾诉衷肠，他身边没有什么神秘的白玫瑰。唯有他，才是我高贵的白玫瑰！顷间，杨绛伉俪的婚姻，亮起一道完美的风景。我眺望弯弯的月儿，俨然成为得百分的学生，洞穿了爱情和婚姻的真谛。逐渐地，我在音乐方面的才华得以展露。

达华成功举办个人演唱会，我客串唱《并蒂的红白玫瑰》，达华自豪地说，朋友们，别小觑她迈出的一小步呵。

阳光下的美人腿

不满，如蛇蝎噬咬我的心，我在忿激中睡去，目光和荆轲相遇，他称赞好一双玉手！随后，那双手美丽而绝望，赫然躺在盘子里，被送到荆轲面前。我倒吸口冷气，倏然脱口而出，斌斌你干蠢事，我却让你享受我的美腿？去死吧，我不做你的牺牲品！

美人腿！

路旁一栋楼上，两条腿就搁在绛红的枕头上，裸露窗外，在春天金色的阳光下，炫人眼目。吓，连屁股都暴露了！男士想入非非——这薄如蝉翼的蛋青色窗纱里，俯卧着个丰乳纤腰肥臀、风情万种的妙龄女郎！

尤物惊动了路人，几辆轿车亲密接触，司机嬉皮笑脸，我只顾欣赏楼上绮丽的风光！

不骗你，我就是网上疯传的、这画面上神秘的主角，我亲密男友斌斌才知道那是谁的大腿呢。

与梦同行

只能从那天说起了。

"叮咚",是某银行短信：您尾号9312账号10月15日12:46营业网点支出50万元。

我的50多万元存款被盗领！那是我要用在刀刃上的。我立马开车去银行挂失,理直气壮要求赔偿。

这是你的有关信息泄露了。银行工作人员面带微笑,不疾不徐地说。

我身份证、密码和银行卡,都保存完好,巨款被盗领,难道怪我？

斌斌接我电话安抚我,宝贝,偷资料的技术高超着呢。我顿脚搓手,我比被抢劫还穷得彻底！我这品牌化妆品的代言人,坐在营业厅椅上,哭得地暗天昏。

斌斌在网站做销售,业绩很好。那夜,他闯入我房间,灭了灯,熊抱我,急促地喘气,你修长的美腿就是你的人,粉雕玉琢,像柄喂过毒药的利刃,一剑封喉！又说我钱没了,大婚的事就由他大包大揽。

不。大婚,AA制！我忧心忡忡,就亮了灯。斌斌熄掉,神秘兮兮,你不知道,客户网购时,卡号、身份证号码,还有密码,都可下载。我眼线画得很重的眉梢翘起,只要克隆银行卡,坏蛋就可盗领存款啊！

好哇,你出卖客户信息了。我唬他。他竟然像只刚吸完血的蚂蟥,陡然滚落。眼光躲闪,浑身发抖。

天啊,暗箭难防！

第一辑　与梦同行

　　我发出凄厉的冷笑，痛心死了，一下赶走他。我听说快递、售楼小姐、通讯的，都随意卖客户信息，有人竟以50元的超低价卖一万条信息。斌斌跟坏人狼狈为奸还是只卖信息？脑子转念，我上过他们网站购物。所以不管怎样，毕竟他卖客户信息，也就有可能是他使我蒙受损失。我恼怒了。读书时，斌斌很优秀，我俩又互相倾慕，情投意合。可……大学毕业后参加工作，斌斌业余沉湎于大型游戏，脑袋空空，不干傻事才怪！我打电话给他，他不接；我发微信，他也不回。深夜，我在房里骂他，恨不得咬他一口。不满，如蛇蝎噬咬我的心，我在忿激中睡去，目光和荆轲相遇，他称赞好一双玉手！随后，那双手美丽而绝望，赫然躺在盘子里，被送到荆轲面前。我倒吸口冷气，倏然脱口而出，斌斌你干蠢事，我却让你享受我的美腿？去死吧，我不做你的牺牲品！隔天，就让我的美腿，在三楼大窗上裸露无遗。

　　周遭地震了。斌斌主动联系我了，你怎么，怎么糟蹋自己！为了我，你更不能这样裸露你的美腿！！这下轮到我不理他了，哈……后来，我便在网上看到一个帅哥，在马路上或飞身扑向小车侧面，或握拳顶住行走的小车车头，或以脑袋当"武器"砸小车车身，右脚竟被碾成骨折！

　　我憋不住发短信讽刺斌斌，喜欢让别人都脱得光光的，你才高兴？还敢捣鬼。人总不能躲在阴沟里，干些见不得人的事吧。我去他家探望他，仍讥笑他攻击他。

　　我没犯法！只觉得20块卖个客户信息，好玩。

耳际，似有狼群呼啸而过。我跳脚骂，可你无形中和盗贼……狼狈为奸！

他的脸变菜色，气咻咻，我今生遇见了魂牵梦绕的东西，那就是你的美腿。可你……可你……不由得低下头咕噜，不过，人有知情权也应拥有不知情权。抽泣着说，对不起！

斌斌攥住我的手，瞳仁映照我的酒窝时隐时现的，瞬间，捕捉到我的似水柔情。嘿嘿，人最不幸的，是偶一失言而祸不及，乃视为故常，而我知道错了。宝贝，我不自残，你也别再裸露你香艳的美腿！就跪下了。

斌斌再没有卖顾客银行信息的糊涂行为了。我仍想大婚AA制呢，只有拼命做业务赚钱，也和银行交涉赔偿事宜。不日，斌斌和警察配合，银警联合，我的50万元追回来了。

这天，我从大数据了解——女人越漂亮但男人越难看了。我暗中得意，是我读了许多书，气质由内往外生发而美丽，斌斌才更爱我啦。突然记得，斌斌给我讲过印第部落保留的"叫魂"习俗。那是大凡出远门的人，没走上几步，总要喊自己的名字，谨防灵魂，跟不上的脚步！

事后，我天天给斌斌发《叫魂》的微信。

第一辑 与梦同行

拼 爹

冬夜，我爸的胳膊伸到被外。翌日，胳膊习惯性痉挛了。他到底得什么怪病呢？一天，我爸不好意思地说，那时，我们住四面漏风的土坯房，我妈生我姐和我时家里很穷。我妈做月子见不得风，晚上睡觉，我爸就不停地给她盖被子。我妈喜欢枕着我爸的胳膊睡觉。而我爸发觉被子漏风，就用另一只胳膊压住，为此，这只胳膊总是被冻得通红，日子长了，就落下这病根。

镜头A：

小敏夺门跑出。迎着骤雨中扑面而来的烧焦的泥土味，撑开赤裸的大脚丫，拼命朝小巷奔跑。雨太大了，她只得钻进骑楼躲避，突然听见噗的一声。她冲进雨幕捡回落地的东西，见一张浅绿色的纸币包着4枚1元的硬币。

谁知道我身无分文？雨歇。小敏觉得肚子很饿，拿着钱，心盘算，晚上我喝碗稀饭，剩下还可维持2餐。再说，既然逃出虎口，就在车站候车室过一夜吧。她脸露笑意，突然觉得那张纸币有异，到灯下一瞧，上面歪歪扭扭的字抓住她的心：我被骗在三楼做传销。

哟，有人像我。

报警！

与梦同行

小敏跑进派出所。带警察去抓了一窝坏蛋。

小雄得知,是聪敏伶俐的小敏报警救了他,顿时眼窝发潮,握紧她的手。温暖的一握是发光体,两人就成了好朋友。小雄摸袋子,已被洗劫一空,迟疑了,前进一步是死,后退又没路?小敏已找到答案,路的两边还有路呢。

我们从小钱赚起吧。他们同去鞋厂做工后来成了恋人。春节,小敏还陪小雄去家乡探亲呢。

镜头B:

不久,他们回南方受雇于这家小超市,两人月收入共3000元。这天,他们在附近租一间房结婚。闻讯而来的记者,从没看到这么小的新房吗,难免比看见小敏的大脚丫更为惊奇。

他们的父母都在外地,超市老板主持婚礼。新娘温婉可人,新郎身材高大,大家祝贺。新郎表态,我不再让爸妈挂肚牵肠,要长成一棵大树。

新娘不矫情,我们的困难是暂时的。我嫁给他,是觉得他什么都好。我爱的心境只有亲身经历了,才能体验到。

时光轴倒转,新郎顿觉痛心啊。那年,我大学毕业走上社会,有人说,人生最重要的,是取决于你是谁的精子,我不信邪。他如当年慷慨又激昂,我想赚大钱,就要甩开大步!我卖过雅芳化妆品还推销安利保健品,为达到理想的级别,逼爸妈筹钱让我囤积大量商品。我做地区经理,安利却卖不动。10万元的货,天大的玩笑。我爸妈差点卖房还债了。过些时日,我的固执才落在地上摔得粉碎,喔，那些级别做得很高的人，不是老公、儿女身居高位，就是当医生借机向病人搭配营养品……但我读到一种特效药广告，想最后一搏吗，又筹钱南下，才落入陷阱。

镜头C：

现实逼小雄回到眼前。婚礼上，撞进个老男人规劝新娘，嫁给穷得叮当响的，日子没盼头。小敏可怜妈妈半生守活寡，突然像点着的炮仗冒烟了，你翻脸不认妻女，还来参加什么婚礼？小敏骂爸爸多情无义，一会儿，把语调变低更有力，我中专毕业无路可走，你在哪里？我陷入传销还遭受欺辱，你又在哪里？稍后才控制激越的情绪。新郎笑笑，无意有意地向关爱他们的人，讲述他爸爸得怪病的事。

冬夜，我爸的胳膊伸到被外。翌日，胳膊习惯性痉挛了。他到底得什么怪病呢？一天，我爸不好意思地说，那时，我们住四面漏风的土坯房，我妈生我姐和我时家里很穷。我妈做月子见不得风，晚上睡觉，我爸就不停地给她盖被子。我妈喜欢枕着我爸的胳膊睡觉。而我爸发觉被子漏风，就用另一只胳膊压住，为此，这只胳膊总是被冻得通红，日子长了，就落下这病根。

老男人听完小雄爸自揭病根的事，知道女儿女婿不过是要让他明白：疼爱妻儿的人最温暖！羞得要钻进地缝里。

现在不是都讲拼爹吗？瞬间，新娘把话头一转。

是吗，别人有好爸爸有漂亮婚房还有高级轿车，婚宴很讲究排场，你们却一无所有，不知道你是怎样想的。记者问。

小敏早看淡那些，我决定和小雄结婚，与其说不是取决于他是谁的精子,也是取决于他是谁的精子。

笑话!

你们也拼爹?

场上一阵喧哗。

小敏不慌不忙,噗嗤一笑,似枝头成熟的苹果笑弯了腰——不如说,我是看中他家人情感上的原始积累!

小雄爸自掘病根的事不是刚听完吗?众人信服不已。老男人溜了。

顷间,大家为在长3.1米宽1.5米、用夹板隔开的新房,举行婚礼的新人的执著爱情,把手拍红了。

情人节

妈突然一语惊人:薇薇不是小灾星。而是我长相难看,前夫嫌弃我,才使薇薇小时吃尽苦头。

小时,妈常骂薇薇是小灾星。薇薇到底是不是小灾星呢?

情人节,薇薇和男友文彬在外玩尽兴了,回家里。两人和妈围在桌旁喝茶,妈居然说起薇薇不幸的童年和情人节有关。

文彬快做他们家的女婿了,当然需要耐心,只得眼睛眨几下,洗耳恭听。

第一辑　与梦同行

妈削香水梨,一边用低沉的声音说,二十七年前她生下的薇薇,肋骨骨折住院,可男友失联。她打电话给男友的父母,我女儿的医疗费成难题,同时要拿父母身份证孩子才能办出生证,我希望他作为父亲,能和我共渡难关。

男女结合,都要有真情实意嘛!文彬接过削好的梨咬一口说感触,微蹙眉心问薇薇:你小时没父爱?

我妈也不疼我!

薇薇肚里有气。小时生活的画面,应接不暇地翻动。我四五岁时,衣衫褴褛的爸才回来。原来他在附近做工。

臭死了!薇薇说我读三年级,那夜我爸回家,东倒西歪躺床上。我妈摇他胳膊乞求,我的工资交房租所剩无几,我们都饿坏了,给点钱买米吧。一会儿,我爸坐起,哇哇哇,我眼里都是绿的菜红的肉白的鱼,特气愤我爸天天糟蹋美食!

薇薇沉浸昔日:我妈连捧带抓把脏物清理完,就如片枯叶落沙发。我饿得肚子咕咕叫,但想到要交课外资料费,就指着我爸。

小灾星。都是你,你爸才这样对我!

我妈顷刻凶狠得如只母老虎,重重地打我屁股。不过,还撑起面色枯黄的身体挣扎向前,把手伸进我爸口袋,只翻出几张破纸。

……都死掉算了!我妈扑地大哭。

我拉我妈。她站起来,却抓起纸盒抛向我;又踢倒椅子,劈头劈脸打我。我又疼又气,鼻孔流血。屋外,狂风卷着海腥味从远天追来,我的心漂泊在茫茫大海上,是不是我死了,爸妈就和好?寒冬,

与梦同行

我用纸团塞鼻孔，跑出屋任凭大雨浇注。

薇薇接过妈递来的茶，还没走出往日的苦痛呢。呜咽，文彬，你不知道，看爸妈互不搭理，我读书没精打采的，常被老师罚站。说时满脸泪水。

文彬握住薇薇的手，替她擦掉泪水，还半跪着为她系好松开的鞋带。薇薇内心似乎藏着秘密，又说：

我十二岁，我妈离了再婚。继父胡子拉渣的。我们住旧房子。妈妈说，那时我告诉薇薇，只要你继父对我好就行。

春节前，继父拿钱给妈买衣服说，钱没花完就别回来！我妈把我当成小公主富养，越来越爱笑。妈"揭发"，那时薇薇在梦里也咯咯咯笑出声。

继父还教我做作业呢！薇薇的眼贼亮。我们去公园照"全家福"，在凉亭吃水果，继父说：薇薇会肠易激，不要吃杨梅。妈妈眼睛蓄泪。文彬笑了，这是爱屋及乌哩。

薇薇眼里都是英俊的文彬，含糖果般回味：我把幸福感推上天，如喝壮胆的酒浑身热乎，学习很用功了。

你真幸福！文彬端茶，一饮而尽，可你怎的，就什么都有啦？

我能不想吗？二十八年前也是七月初七，我妈在电影院前跪地求婚，轰动泉城。可我爸不珍惜。薇薇托着腮。

妈叹息，当年，薇薇的爸很帅气，但翻过窗、跳过墙、一夜睡过三张床，我怕他拈花惹草，就勇敢地向他求婚。没想到我如一尾鱼在黑暗中挣扎，每片鳞上都沉淀着痛苦的伤痕！告诉文彬，她爸

第一辑　与梦同行

溜走，始终不回我呼机。

文彬磕瓜子，见妈的外貌心里断定：你爸从没爱过你妈。

文彬最爱明眸皓齿、气质高雅的薇薇，高学历又有好工作，还喜欢自己对事业默默的追求，笑起来的样子最为动人。接下聊，听说最好的教育，是母亲平和的心态。父亲爱孩子就要爱他的母亲。母亲在爱的光晕中，心才柔软而舒畅，温润又安定而有平和的情绪，就不会骂孩子是小灾星了。

薇薇无可撼动地说，我原谅我妈当年的迁怒，也不让痛苦的童年重演！头上仿佛多长了只眼，喊道：快乐的家，就是爸爸爱妈妈。

文彬一时惊疑，你们都在教育我吗？！

妈起身端走香水梨，慌忙去煮汤圆。不英俊、甚至有点难看的文彬拥着薇薇叫声妈，我保证让后代有个快乐的家。妈突然一语惊人：薇薇不是小灾星。而是我长相难看，前夫嫌弃我，才使薇薇小时吃尽苦头的。文彬和薇薇眼直了——为妈直面自己丑陋的勇气，唏嘘不已。

薇薇大感不解：女人不可不漂亮，不漂亮少人爱；男人可以不漂亮，却有女人爱得死去活来，感觉其中大有文章。决定破解这命题，并给女热门指出个光明的前途。

等你，在桥头

我把以前跟最近的日子对比，嗨，穷时过得多舒心！感觉家里有钱，夫妻反而不恩爱了，天天担惊受怕。午休，我见到个面善的女人赤身裸体，狂奔在条陌生的小街，路人就像看条疯狗……清泉为啥把我骗到他老家？我傻眼了，病了……我从噩梦中惊醒，只见床单上汗渍斑斑，失声惊呼，不如不赚钱呢！

火，噼噼啪啪燃烧起来了。风助火势，几乎烧红了半边天。

我烧了桥头的制衣厂，鬼使神差啊！

我躲进好友家。好友两岁的孙子小勇，碰伤的右眼肿得像只"金鱼眼"，医生说有生命危险，要赶快做手术，医疗费要十五万元以上。好友说困难啊。我正想说你拿钱去，却只有后悔的份，以前我帮谁谁谁，丈夫清泉出手都很爽快，可……

回望结婚那年，清泉为我做了件绛红色大衣，叫我两眼发亮，我们开制衣厂准行！桥头的厂就此开业。

十年后，厂有了规模，我们的生活也好了。清泉始终对我精心呵护，温柔体贴，我也亦步亦趋，百依百顺。夫妻间的和谐如文火炖骨头，一点点地炖进婚姻，我觉得好幸福噢。一天，清泉微笑，孩子都外出读书了，你歇歇吧。哪个女人不想有人疼爱？也觉得么，共同奋斗了十几年，歇歇也在理。我便每天买菜，做饭，打扫卫生，守着家轻松过日子。电视里上演的美好姻缘，就是年轻时陪男人吃苦的女人，加上个年长时陪原配享福的男人，自觉得我俩恰似，哈……

那晚，清泉唤声如月，上饭馆去。饭后，也不再喜欢和我窝在大厅沙发看电视了，急着上网……我隐约觉得，他嘴变刁，说话也心不在焉的。总之，感觉味道不对！

仍回望那年，我在饭馆收银，清泉是服装厂的小工人，因倾心相爱，我们租间小屋就结婚了。春节前携手逛街，我被件大衣吸引住了。他知道价格不菲，可难得我喜欢，就拥着我去看。我摆摆手，揉几下眼，走开了。一周后，清泉回家气咻咻的，那天你看中那件大衣，看你失落走开的背影，我心怀愧疚，就偷偷去研究它的工艺，为你做啦！我惊讶之余，也喜上眉梢。清泉盯着床前的夫妻合照，我的披肩长发清清爽爽，小巧的悬胆鼻，眉清目秀，笑容甜美，他调侃，谁说锥子脸没真正的美人？回头又赞美我穿上绛红色大衣更清纯脱俗了。

我把以前跟最近的日子对比，嗨，穷时过得多舒心！感觉家里有钱，夫妻反而不恩爱了，天天担惊受怕。午休，我见到个面善的女人赤身裸体，狂奔在条陌生的小街，路人就像看条疯狗……清泉为啥把我骗到他老家？我傻眼了，病了……我从噩梦中惊醒，只见床单上汗渍斑斑，失声惊呼，不如不赚钱呢！那晚开门见山，老公，把厂卖掉吧。他睁大眼，你疯了！厂有发展前途。从没有过的，夫妻吵架。这次我不退让，关系闹僵。

与梦同行

我忿恨时，归咎于制衣厂。一日，抱个奇怪念头，既然你不卖，我就把厂烧了！顷间，哪来的勇气，趁着夜色潜入厂。

隔日，清泉在朋友家找到我说，婚后没给你好日子过。这几年，我是让你享福呵！可……打我的手停在半空，悒悒不乐。我喜欢上网是在摸索厂发展的路。瞒着你不过是想让你日后惊喜吗，你却背着我这么干，活活气死我了，你呀你！此刻，我没忘记朋友家可怜的小勇，就请求他，快拿点钱为他治伤吧。这回，他脸红了，再奋斗十年。我还要贷款呢。

我被拘留。据说要判5至15年刑。天啊，只一把火，毁了自家的厂不说，还要蹲大狱？瞬间，噼噼啪啪的火焰声变成颗颗子弹，无情地打中我糊涂的脑袋瓜……眼前接连闪现监狱里的恐怖镜头，我吓得灵魂出窍，呼天抢地，头撞得鲜血直流……清泉来抚慰我，我狂呼，老公，救我！几天后，人们的头脑产生个惊天大问号，清泉说我火烧制衣厂完全是他的过错？哇……他一招免了我的牢狱之灾！回家我还怀揣兔子呢，可我仍忧虑着小勇的"金鱼眼"，再三恳求清泉，他应允了，我沉重的心啊，才略放了放。清泉嘟哝声，怜爱和顺从中间，或许是……最黑暗、最深邃的地方，似乎没怪我。一会儿，才嗨声，我很忙，你太空闲也不帮我！好友也喊姐，你读十几年书不要浪费哟。

我多想说声对不起啊。下辈子你还爱我？清泉深情地嗯嗯，看着我，你的至爱至真至纯，是生生种进我心里头的！我铭心刻骨啊，我是家的一半，即使不年轻也要陪他重建制衣厂。

对自己狠点。那天听见清泉在召唤,我顶着烈日,脑门发亮,朝桥头奔去。

为他人着想的善良

厅正面一幅名家书法字体圆润,梁晓声提倡的"人文情怀"内容立即勾住她的魂,才知道大家特欣赏的"人文情怀"的深刻意蕴,阳光油然从心底流淌出来。

正说阿春的名字,楼下传来"砰"一声。

居委会主任站起身,匆匆安慰老主编几句,要下楼去看个究竟。不料,又传来一阵令人毛骨悚然的狗叫声,她冲到阳台往下看,哎哟,跳舞的阿姨被吓得四散而逃。

迎面老主编的女婿上楼来,说这些人怎能没有一丝人文情怀。他喊道——

这种人不可理喻,我好言相劝她们去公园跳,阿春双手叉腰反问:公共场所,谁规定不准跳舞?

我笑着解释,住宅到底是日常生活的大本营要安静啊,你们大声播放音乐,吵扰人嘛。

居委会的都不敢说咋的!阿春叫板:我就要在这儿跳,看你敢怎么样?

与梦同行

我突发奇想，去朋友那借来把猎枪。

你敢放枪？

报案去！

几个阿姨七嘴八舌围过来。阿春似乎抓住重要罪证得理更不饶人了，气势汹汹拉扯我。

我没法子又去朋友家拉来几只藏獒。

事出有因哩。老主编几次打电话，请居委会出面说服跳舞的阿姨不要吵扰她。清晨，主任在菜市场遇见阿春，就跟她谈起小区广场发生的几次冲突。

阿春火爆脾气一点就着，那老婆子要带进骨灰盒啊，还整天写什么？

主任微笑：阿春，写作的人只求个清静。老主编还有很多事要做。委婉地说，你们天天跳广场舞不也是要使生活丰富多彩？

可阿春说话如炒豆，边走边喊：她几次上居委会，吵，吵，吵！太空闲的我偏不理她……右手中指往上甩了甩开骂，老不死的。哦，那天广场铺满碎玻璃和砖石，准是她干的！

阿春和老主编一家闹得白热化了。主任在阿春身后劝解，小区里许多人有意见，听说那天还有人用粪便拌沙土砸下来……

这阿春，听说她哥哥是千万富翁，对小妹妹很照顾，她过得很富足。管她呢。主任脑仁生疼，深感问题棘手。

主任到小区，上二楼探望老主编，厅正面一幅名家书法字体圆润，梁晓声提倡的"人文情怀"内容立即勾住她的魂，才知道大家特欣赏的"人文情怀"的深刻意蕴,阳光油然从心底流淌出来。哟……要是大家都设身处地为他人着想就好啦。

老主编热情地沏上好茶。岁月不饶人啊,老主编走路已蹒跚,正坐也不是站也不是的,叫声主任,你听,你听,——楼下播放的音乐声无遮无拦飘忽上来,似头野牛闯入无人之境横冲直撞灌入人的耳朵,叫你往哪儿躲?呐,您老退休十几年,还在写啊。主任和老主编寒暄。此刻,大窗下面正放着豪迈的乐曲,那些阿姨跳啊唱啊进入了忘我的境界,哪会顾及到别人在用脑呢。主任着了急,这僵局不打开,会出事的。

这不,出事了!

那天,老主编女婿跟阿春等人直接冲突以后,老主编女婿因为鸣枪、放藏獒被判6个月徒刑,借给他猎枪的朋友也要关3个月。天啊,连朋友都遭罪了。老主编气得浑身直抖,病了。

跳广场舞有益身心,可……此时,诱人的生活画面从主任记忆链条中跳脱出来。年前那上午,阿姨们听说我宝贝孙女病了,必须静养几天。哎哟喂……是那位在奥运会开幕式上演唱的小姑娘吗?嘘。阿春的手指往嘴边一按,立刻招呼大家去中山公园了。

哇,要是阿春……主任心胸一下撒满了阳光,马上在小区广场找到还跳得起劲的阿春。

又一天,小区的广场似乎没人。老主编觉得不对头。当她拉开窗帘时,看见阿春等人都在跳,只是,只是每人的耳朵都塞了个小东西!

与梦同行

　　太意外了。老主编太讶异了，完全没想到会有如此美妙的结局。她的脚步轻快多了，拨打居委会的电话。主任听说阿姨们有妙招，也信步走来瞧瞧。她为老主编晚年能享受日日祈盼的清静而泪流满面：别看阿春长得黑黑粗粗又穿得花红柳绿的，别以为她只会买菜做饭洗地板，嗨，还真得有点那种情怀。

　　原来，那天主任找阿春，微笑着问，那时我孙女养病请你们支持一下，你咋就带头撤出去呢？你孙女是神童，祖国的未来，娇艳的花朵，要珍惜。阿春披肩长发往后一摆，快人快语。

　　主任心中窃喜，抓住时机，阿春啊，老主编有许多作品是民族的文化瑰宝，我们不也应珍惜她？你爱幼也要尊老吧？再说嘛，你、我也都会……这……我……懂。我不是为这，是我哥……

　　阿春似遭受一记响亮的耳光，如即将被宰杀的猪般嚎叫，忽撒腿跑了。

"皇帝甘"的味道

　　她脸带歉意，老公，对不起。等我升了职，我们才要孩子吧。

　　他气势汹汹摊牌，现在不是你生不生孩子的问题了。这事得讨个说法！

　　我去医院做人流了。

第一辑　与梦同行

　　大厅被《天仙配》欢快的乐曲萦绕。晚饭后，夫妻似乎忘掉白天的繁忙和紧张，坐下享受温馨的休闲时光，林虹特别干脆地说。

　　你背着我做人流？李俊回过神，感觉在家庭的重要地位被撼动，勃然大怒。

　　她强词夺理，我不要嘛？是你不答应啊！

　　你居然自作主张？

　　她脸带歉意，老公，对不起。等我升了职，我们才要孩子吧。

　　他气势汹汹摊牌，现在不是你生不生孩子的问题了。这事得讨个说法！

　　其实，他一直喜欢这个有抱负的女人。他欣赏她，剪着短发，穿戴得体，婀娜多姿，做事不达目的誓不罢休。林虹起身给他倒杯水，递上娘家腌制的那棵明朝的"皇帝甘"的余柑，请他品尝，似乎有话要说。没防他把手一挥，杯一晃，水就泼在她睡袍上。他是个好老公。这次是我擅自堕胎触及他的底线。她想着吓得躲进房换衣裳，随之歪在床上，就坠入感伤的旋律里。

　　我们的日子虽过得滋润，但生活节奏紧张。她苦笑，我这人力资源部的，压力大，婚后，我们就决定暂时不要孩子的。叮铃铃！只是哪天，天外传来仙乐，她意外怀孕了。他决定将错就错，她也答应了，没几天却反悔，我在竞聘行政主管，还是先把孩子拿掉吧！可他说已告诉哥们了，也说这是上天的赏赐，哪会轻易言弃。况且，他突然大为不悦的是，发觉她没把他放在眼里。林虹惊呼，这才是婚姻最危险的按钮啊。不过，他还能优雅从事，说生孩子更重要！

要不，你先辞职，等生了孩子再说？但她仍不要孩子，表明竞聘只要有丁点的希望，都会尽力争取！夫妻吵了几回。他自忖，反正孩子怀上了，你还能怎样？有点傲慢，不理不睬她恳切的请求。只是婚姻关系，最怕冷战升级啊。半月过去，就在他以为她妥协时，她去把孩子做掉了。

林虹醒来。昨晚他强硬的态度，使她坐在风口浪尖般！妈妈的电话批评她。她更不敢给公婆知道呢。几个姐妹全问她，你怎能没征得他的同意？她缩着身，忐忑不安。也是的，人总是习惯失而复得，而得而复失就变脸了。没几天，李俊按照法律程序，提出离婚。

在法庭，林虹流下忏悔的泪，申辩，事业和孩子都很重要。但这次升职是千载难逢的机会。至于孩子么，以后还可以要。由于夫妻闹僵，我没法两全其美，只好放弃孩子。李俊得理不饶人，林虹擅自人流，伤害夫妻感情。最不能容忍的是，她侵犯……侵犯了我作为丈夫的生育权，所以，除了离婚，我还要求赔偿。

这女人私心！在场的都同情也支持李俊，更加剧了林虹的恐慌，她正襟危坐，面如白纸，乌青的嘴唇没血色。我错了！林虹打赢官司的希望渺茫，连连道歉。突然，就如在漩涡中光芒四射地飞升，林虹感到震颤，几乎昏厥。啊啊啊……她挺住身体——法庭居然一点不含糊，支持她的权益！就如只金丝雀，不，是只色彩绚丽的凤凰直冲云霄，一亮美妙的歌喉。只见林虹嘴角提起，含泪微笑：我不愿婚姻走上末路。不过，这场审判，让我懂得鲜为人知的法律！

李俊心里不服，去走中院的程序。中院维持原判。那天，晴空万里，受一场疾风暴雨逆袭的林虹，迎来中院多次调解无效，准予两人离婚的判决。并且，中院对李俊要求林虹赔偿精神损害抚慰金十万元的诉求，仍不予支持。生育权最终是由谁说了算的法律，李俊弄明白了。

　　离婚后，林虹稳坐在公司行政主管的位上。快马加鞭，又参加"总裁培训班"学习，不久，当上公司的总经理。期间，周围不分青红皂白的人，喋喋不休地品评她的果断抉择，有些难听的话，不必再说。她再婚了。在"三八妇女节"座谈会，林虹咀嚼着"皇帝甘"的果实般吞咽几口苦水，眼里亮晶晶，却高兴自己顽强地跨越几个门槛，鼓励在座的女同胞们：女人碰到挫折只要坚持，就会苦尽甘来的！妇女们开始唏嘘，进而豁然醒悟，还是妇女权益保障法好，赋予已婚妇女不生育的决定权。有保驾护航的，女人们纷纷卸下包袱，一齐飞奔在追梦的路上，头顶余音袅袅：是嘛，女人连自己喜欢的东西都不追求，那她，那她做什么？

　　几年后，李俊对社会保障妇女合法权益的立法已有深刻的理解，埋怨自己当年没替林虹做换位思考。一天，单飞的他前来探望前妻，林虹很好玩的女儿抓住他的眼球。他后悔等不到这天，听不到客厅《天仙配》优美的韵律喽，痛苦得不能自拔，走后攀上高塔就要往下跳，有心人林虹及时呼叫"110"救下他。

未来将军的妈妈

我长成漂亮的大姑娘，爹把我许配给抗联年轻英俊的将领。幸运之星照耀着我，不久，我生个可爱的小宝宝，战士们高兴地喊："将门出虎子啦！"他们为我欢呼雀跃，衷心祝福"未来将军"快点长大。

迷人的镜泊湖，恰似颗明珠被大地捧在手心里。湖水蓝绿的色泽像浓缩似的，让人联想到孔雀绿，不，叫人断定它比蓝宝石色泽更美丽。在耄耋之年，我拄着拐杖驻足湖畔。敞开心扉聆听湖水荡漾的轻声细语，听着听着便心潮澎湃，不禁看到我在湖里失去的"未来将军"，曾经有过的唯一的宝贝儿子。

我是个能歌善舞的朝鲜族姑娘，我爹带我投奔东北抗日联军，那年我才12岁。我跟陪伴我来北方扫墓的年轻人说，以后我长成漂亮的大姑娘，爹就把我许配给抗联年轻英俊的将领。幸运之星照耀着我，不久，我生个可爱的小宝宝，战士们高兴地喊："将门出虎子啦！"他们为我欢呼雀跃，衷心祝福"未来将军"快点长大。

那晚，抗日联军去安宁北边扒鬼子铁路时，被发觉了。女兵在战友们的掩护下，先往湖边小树林撤退。鬼子跟上了。女兵跑不过敌人，十几个人只好藏进湖边芦苇荡里。当时，我怀里的孩子才满两个月。白胖胖的身体，粉嘟嘟的脸儿，尤其长着个又宽又亮的额头挺招人喜爱，大伙都称赞他有副"官相"，预言他是造就"未来将军"的好材料。我也梦想着，他以后会成为、名驰骋疆场的将军，叱咤风云的抗日英雄。

我们都不声不响蹲在漫天漫地的芦苇丛中，神经绷得紧紧的，全神贯注注视着湖边的动静。四周静悄悄的，只有青蛙呱呱的低鸣，和种不知名的鸟儿有一声没一声叫着。鬼子似乎发现我们，从湖边山坡包抄过来。我们屏声息气，唯恐一不小心发出声响会暴露目标。我怀抱中的宝贝儿，恰巧从睡梦中醒来，睁开眼睛，用嘴拱着往我胸前凑。我知道孩子想吃奶，掏出乳头给他吮吸。太紧张了吧，我乳头出不了奶。突然，孩子急了，防不胜防地哇哇哭了。我更急，马上伸出手掌捂住他的嘴，一会儿才松开。两个月大的小孩究竟很小，哪懂得大敌当前不能哭出声！我刚松手，他又哇哇地哭了，并且声嘶力竭地。鬼子似乎听见孩子的哭声，马上朝这边跑来。"我们正是脑袋伸进老虎嘴嘛。"在生死攸关的危急关头，我傻了："此刻关系到十几条战士性命呢！"我尽管六神无主，脑子里还是只有个念头闪现："宁可……"，便别无选择地，再次用手捂住孩子的小嘴，久久不敢松开……

鬼子听不见孩子的哭声，搜索不到我们，从湖对面的山坡追去，大家终于松口气，大姐一边拨开芦苇趟水过来一边说："刚才捏了一把汗。不愧是'未来将军'……"当她的手欲逗一下小孩时，却面对突如其来的结局瞠目结舌了。我们在湖边草草安葬尚未起名字的孩子，另一位大姐说："鬼子走了，我正寻思这孩子咋这么懂事。

与梦同行

一见你抱着他泪水满脸，站在那里傻了似的，我就知道坏事了。"

庆功会上，抗联诗人为我吟诵诗句："她心中的苦汁涌到脸上，像清晨的百合花凝着露水一样美丽！"我仿佛依然抱着"未来将军"，心如油煎般悲不自胜地哭泣，诗人说，这可谓是"莺啼如有泪，为湿最高花"了。

过后，我很想再生几个"未来将军"，已经不如愿。那年春天，部队背粮过河，河面是水，河底还是没融化的冰。我趟过冰冷刺骨的河水后，全身痉挛，以至筋骨僵硬。吃饭时，手已无法把饭送进嘴里，后来就连筷子也抓不住了。一位老太太送我二两鹿胎膏，让我泡黄酒喝下去，病才逐渐好了，但是，我从此不能生育了。

十几年过去。全国临解放时，我南下到泉城丰泽区当干部，今天特意回来。拄着拐杖，伫立恍若仙境的湖畔，端详着静谧得如梦般色泽的蓝绿，我心已飞往天堂。"未来将军"肩头长着白色翅膀，像小天使飞来，责备的眼神似乎在询问为妈的："你当时怎会……"情急之下我表示："我要在这美丽的湖畔为你建座'丰碑'，纪念你极其短暂但光辉的人生。"区里随行的几个年轻人，夸奖我老婆子："老革命啊，尽管您一无所有了，但您一路走来的是信心是爱是勇气！我们向您学习、致敬。"

"未来将军"点头认可妈妈似的，微笑着，如鲲鹏展翅同风起，扶摇直上九万里，飞上了天堂！

第一辑　与梦同行

给人类的一封信

说真的,我从跑出那个富裕的书香门第那天起,就决心一辈子投奔革命了,可居然碰到这种有"家"不能回的境遇。

世界上所有爱好和平的朋友们:

新年好!

我有些话想跟朋友们讲,话题从中国红军举世闻名的两万五千里长征开始,说说我作为一名红军女战士,在1937年3月红军西路军战败后的悲惨遭遇吧。

两年多后我才有个逃脱匪窝的机会,那天,我和战友女扮男装,翻窗越墙直奔兰州八路军办事处。一到那儿我拉住战友的手,那个激动呀没法形容。

正当我沉浸在欢喜若狂中,那同志却给五块银元打发我们出门。我的灵魂不禁在寒风里颤抖,气急攻心一下歪倒在地上。

我一定要找到我失散的丈夫!醒来后,我怀揣着我的玉凤镯四处打听他的消息。天天去办事处我一再要求留下,可那位同志只按规定办,一次还漫不经心说了一句话。我听了觉得时间骤然停住,如石破天惊的一声巨响刺进我的耳膜和心脏,我痛得呲牙咧嘴:……不堪回首,难以启齿,心痛万分呀!战败时,女红军的遭遇最为凄

与梦同行

惨。不过，为了留下我高声申辩：同志哥，那时我生不如死的啊！心想，一般的男人哪会用心体会到，女俘房那段恐怖的遭遇都是受到事与愿违、身不由己且惨不忍睹的暴力摧残呢。当回首那段令人毛发直竖、心惊胆颤的经历时我鸣冤叫屈：我们遭受敌匪非人的蹂躏和摧残，我们历尽艰险从魔窟里逃跑，都是为了革命嘛！

我也没想到我头脑就此受到莫大刺激。但我究竟参加队伍多年，经历几次反"围剿"及长征路上的艰苦磨练，自以为意志很坚强，我有话要说，我差点掏出红红的心给人看了，同志哥啊，我只想和你们一起战斗。可人家无暇理我。我气愤地顶撞他，你饱汉不知饿汉饥。我站着的人跟你这种坐着的人无法对话。我说话的口气一点不饶人了。与此同时，我深有感触：人世间最痛心的事，莫过于在你理应获得善意、友谊和关爱的地方，却遭受了无端的损害！此时，我心中的无奈，已不再是受尽敌匪万般蹂躏时，尝尽被一群疯狗咬了却无法反咬一口的味道，而是一片赤诚之心无法被自己人理解，百口莫辩的感觉了。

说真的，我从跑出那个富裕的书香门第那天起，就决心一辈子投奔革命了，可居然碰到这种有"家"不能回的境遇。几回从噩梦中惊醒，泪如泉涌，我似站在悬崖边一脚踩空，坠入了万劫不复的深渊那般无助，吃不下饭睡不着觉，愁山闷海。我在办事处徘徊多日，最后，只好抚摸着玉凤镯叨念着丈夫的名字，咬紧牙关，沿着当年长征走过的路，靠乞讨回江西。近乡却情更怯了，我就在个陌生村子落脚。从此，隐姓埋名，不论婚嫁，更无颜谈及过去。

> 第一辑　与梦同行

　　在漫漫长夜里我不明不白地生存，我是无根的风筝在天涯海角漂啊漂。冤屈啊如一个大磨盘沉重压着，差点把我整个人碾得粉身碎骨！我记忆里始终挥之不去的是，那天，马步芳匪徒把女俘虏抓去集体轮奸后捆绑在树上示众，此后又作为战利品赏赐给各级军官做妻妾，我被一匪首看中领了回去。更刻骨铭心的是，办事处那同志拒绝我归队说的那句可怕的话：一年归来收留，两年归来审查，三年归来不留，再说你还戴着匪首小老婆的帽。说来也许人家不信，真的，几十年如一日，虽没人拯救我，但我始终心系革命，身体如一根铁棍般直立着！

　　捱到五十年后的一天，我才被恢复了"老红军战士"的身份。我的原配，某军区的司令员和我见面，他眼里写满惊异：当年如花似玉、能歌善舞，还伶牙利嘴的大家闺秀怎的变得人不像人，鬼不像鬼的了？两人老泪流淌，相拥而泣。他说，我在延安等你三年哩。我掏出怀里的玉凤镯还他时放声大哭，哭得死去活来：我在山沟沟里等了你五十年！拥有龙凤镯的人彼此情深哟。当年我和他婚配的情景如诗如画般在我脑际回放。他脸红得像张红纸，捧出对碧绿的玉镯，一个镂着条龙一个镂着只凤，说是家传之宝。多么精雕细琢的龙凤镯！他把凤镯套在我手上嘱咐我：这是爱情信物，再穷也别换钱。这会儿他也说，留着吧，你是只曾身陷污泥而一尘不染的高贵的玉凤呵！

　　我在这刚活得明白的时刻，毅然决然地把玉凤镯还给他，忽然感到自己一无所有了，便说我想就此走完人生路。

83

他生气了：你后悔今生？

不！我转念说我不死。我要用我余生的精力，以一名老红军女战士的身份，通过各种形式不断地告诉人类，让博爱煜和平！

如今，世界上有的大国自恃其强充当国际警察恣意干涉别国内政，随意出兵侵略别的国家，搞得一些角落硝烟滚滚，腥风血雨，老百姓生灵涂炭。尤其是二战时期失败的日本帝国主义一直蠢蠢欲动，为此，我更想跟朋友们聊聊。改日再谈。

此致

敬礼！

中国一名老红军女战士谨上

1990年元旦

离婚协议

宁艳听说当年有个细节，吓得心都漏跳了一拍，腿灌铅般挪不开步子，好久，才仰起脖子吁出一口气。清凌却平静得出奇，说当年家都揭不开锅了，我变卖房子只得7万元。你却拿2万给你爸妈，他们又执意不还我，我气得心都快炸了，一时性起要杀人……要不是你那一纸"离婚协议"。

宁艳只好起草一份"离婚协议"。

第一辑　与梦同行

这是一份奇特的协议，上面没有她的任何经济要求，也把儿子留给丈夫清凌。

要知道自从结婚五年来，她没上一天班没挣过一分钱，家里仅靠清凌双手养着，上还有公婆呢。清凌只是个矿工，尽管爸妈有点家底，可他微薄的工资是谈不上养家的，俗话说坐山吃空，前阵子清凌已把住房卖了。

宁艳和清凌是高中的同学，各自的初恋。清凌没考上大学进矿上做事。宁艳上大二时，就毫不犹豫地弃学和清凌结婚，一时传为佳话。加上宁艳高个，穿着高跟鞋走路扭臀摆胯挺有风韵，配着一张大明星般的脸庞，很漂亮，清凌怕她在外面被人摸了捏了抱了不让外出工作。宁艳便在家"金屋藏娇"来着。但毕竟是个大活人，她要吃要喝又要打扮，尤其喜欢购置衣物，逛街便是她的最大嗜好。现在这租房里两个大柜全是她的外套、衣裙，让人看得眼花缭乱。如今在清凌的眼里，宁艳像天上的人儿，似乎不懂得柴米油盐酱醋茶贵。到了他迫于生计卖了房子，她还没事人般，擅自拿大把钱给她爸妈花，清凌惊呼，你没想到我们的日子怎么过？眨眨眼人僵住了，半响才疯了似的喊，傻！书读到裤裆里头。从此不去上班，在家一天干掉一箱啤酒，整日沉默不语，板着张脸表情阴森森的，简直吓死人！

一晚，宁艳从窗户望见隔壁家男人抱住妻子，怒气冲冲的妻子挣扎着大吵大闹：有必要抢着买单吗？装大款啊，也不想想可以买几斤肥肉？宁艳去劝架才知道，那个妻子责怪丈夫，"狠心"花50元请朋友吃饭。男人说他不能老让朋友买单嘛，不想吵架欲出门躲避，

85

妻子却不依不饶,气头上还要跳楼,男人只得抱住她。那个妻子又打又骂,他们养着五个儿,一天安排30元伙食,老家又在建房子处处要用钱,可他请人吃饭就花那么多。

生活多么不易,贫穷的家难当啊!

宁艳神经立刻被牵动了,看清自己是个瞎子。家庭落到卖房子的地步,清凌让我把给爸妈的钱要回来我还不干,要说狗急也会……跳墙……一时想起清凌的敢爱敢恨,脑里回放他有时的凶悍样儿,宁艳倏而恐极,人生啊人生,重要的不是你从哪儿来而是你要到哪儿去!便好言相劝清凌,我让我爸妈还钱,你别生气嘛。进而央求他不要再喝酒,上班去。但清凌鄙夷地瞪着她,非扒她一层皮似的,瞪得她浑身长毛,冷汗沁沁。

宁艳也是个敢作敢为的疯丫头。大学时为抢拍火车呼啸、发梢飞扬的一刹那,竟在火车飞驶过来之际站在铁轨边抢拍,人差点被撞死。夜里,她面对经济破碎的家庭现实,警告自己,不能用造成你有问题的思维,去思考眼前问题了。托着腮帮神情凝聚有了新思维,丈夫尽管视你如宝,但没有谁是你的固定资产要供养你一辈子!何况夫妻生活面临的不单是性是精神需要,绝不是个"爱"字所能包涵的,跟家庭的经济能力铁定的紧密相关。天亮时她想只能出去挣钱了,即使当清洁工也要去!只因为考虑到清凌喜欢打肿脸充胖子会不让去,又想,那时我这小贱人一犹豫就糟了。我只能先斩断自己的后路。就立即动手起草了"离婚协议"。

大概,是经济窘境如挡路虎挡在前头吧,听宁艳解释了写"离婚协议"的动机,清凌同意,签了字。宁艳只带几身换洗衣物出门,先落脚爸妈家而后出去找工作。

三年里,宁艳什么工作没干过?!到开一家超市生意红火时,清凌来找她,说回家吧,我按揭了新房子。宁艳回到他身边亲吻着可爱的儿子,突然听说当年有个细节,吓得心都漏跳了一拍,腿灌铅般挪不开步子,好久,才仰起脖子吁出一口气。清凌却平静得出奇,说当年家都揭不开锅了,我变卖房子只得7万元。你却拿2万给你爸妈,他们又执意不还我,我气得心都快炸了,一时性起要杀人……要不是你那一纸"离婚协议"。

小偷日记

我就似立马会失去贞操,蒙头哭了几夜。翌日飞到某省城。中午,我鼓足勇气打教育厅厅长的办公室电话,没人接。好!我顿时血脉喷张,在路边招辆的士,到那儿大大咧咧地上楼,直奔厅长办公室。

2009年5月2日 星期一 阴

我几乎是半工半读才毕业的。我要去机关上班的事就像一个肥皂泡,很快破灭了。眼前不禁一黑,我才24岁啊,青葱的岁月,却只有游荡村头和腌臜县城小街的份。那天,偶遇初中同桌。艳艳有中专文凭,却听说入错了行。她请我吃饭,点龙虾,还点红膏鲟大鲍鱼,叫我大饱眼福和口福了。我的心咋就剧烈地疼痛？艳艳说小红，你读书时是响当当的学生干部，但这有啥用吗？细声说，他们干这行也行侠仗义。我正走投无路，便如在茫茫大海中扑通着的一双小手忽然遇见条船，一把抓住她，急切地问：还有这样的小……？我尽管大跌眼镜，可不得不信，因为艳艳说，她专偷贪官！拿本通讯录一晃，还说，贪官发现被盗都不敢报案，贪官都是安全港呢。

2010年10月1日　星期日　晴

那天，艳艳和我回想我在学校常上主席台发言的事，说服我：你老是要找好工作，可现实很残酷，你只有选择一条适合的路。她丢份通讯录给我，说你就如此操作，还跟我分享几张像片。我差点呕吐：是个娇小的漂亮女人弓着身，胖如肥猪的老头站她背后，那女人龇着牙。艳艳愤恨不已：听说这男人是她邻村的，小时爱抢人东西又特滑头，和人打架，过后总能一招摆平。

本科生竟要……？我对天惨烈一笑。我爸妈人穷志不短，我却要违背他们的教诲？那几天，那念头就像个USO停驻地球打下的无底洞，张开个血盆大口啊！梦魇，是张牙舞爪的魔鬼要擒我，使我滑落奔腾咆哮的河流任凭湍流漂呀漂……那天艳艳说，她是可怜我病残的爸妈没钱治病，还替我这不孝女害羞呢！前天她打电话，说找朋友买了份通讯录也要送我一份。我心里嘀咕，最近，家里揭不开锅了。

我就似立马会失去贞操，蒙头哭了几夜。翌日飞到某省城。中午，我鼓足勇气打教育厅厅长的办公室电话，没人接。好！我顿时血脉喷张，在路边招辆的士，到那儿大大咧咧地上楼，直奔厅长办公室。

打开旁边小房间的门，空气分明带着股贪婪的血腥味。哇！只见堆积如山的礼品，东北大人参、燕窝、钻石戒指等，都不值一提。抽屉里，有瑞士、德国的名表七八块，我拿了三个。我早上网熟识了，知道那是爱彼、法穆兰、欧米茄的，回来变现，我摇身一变成腰缠几十万的富姐。掏点钱，就缓解了爸妈的经济困难。是久旱逢甘雨喽，我去美容美发，穿鹅黄润绿的小蛮腰连衣裙，肩挎 LV 包，脚蹬高跟鞋"嗒嗒嗒"敲响街面，俨然贵妇！国内几次地震，或有天灾人祸寻求帮助的，只要我得到消息，一出手就匿名捐 5000 元、10000 元。我找到最好的理由——劫富济贫了。

2013 年 2 月 15 日　星期二　阴

我就此心安理得。也如入无人之境，一发不可收了。共作案 10 次，飞机票就花去一大笔。但有谁想象得出，那些大官办公室里有多少东西？我只要随便拿点，就够本了！

我觉得违背良心吗？不，贪官的储藏室像琳琅满目的超级商场，里头高档的东西都是匪夷所思的，令我触目惊心呀！我暗中谴责贪官：人有很高的地位，会更有羞耻心。你当官本无错，然而不要欺世盗财。心潮卷起千堆雪。我异想天开，想捉贪官拷问：你们吃喝嫖赌贪，有没有想，若遇上战争碰到危险时，老百姓还会救你吗？

我做了不得已的事，常说得模棱两可，只让爸妈不觉得我是杀人越货的。我望着爸妈佝偻的背，仿佛见到那站在村头，翘首盼望做高官的儿子平安归来的老妈妈急切的情景；依稀看到那位帮爸妈精心培养聪明的弟弟，失去读书机会如今仍住在破草房的姐姐……

与梦同行

我在省城小别墅里躺在舒适的房间里,美美地享受滋润的生活,心想:生存,是穷老百姓追求的生活底线。我做贼竟没有内疚没有羞耻感,倒是认为这几个大贪官的好日子是在偷欢!1年前我被捉,取保候审生孩子后,没到案成网上通缉犯,最近,却给《大华报》发资料,举报2年里我盗窃的9个高级官员办公室的情况,还附上我拍摄的赃物照片和列出的清单。

不久这些东西都见了报,几名高官有巨大的受贿索贿行为,严重违反党纪政纪,被立案处理。

2014年3月1日　星期三　晴

生的伟大,死的光荣。家乡的刘胡兰肖像,始终屹立在我心中。我要给我两个女儿做好榜样呢!

与其说我名声臭,不如说我保持种责任心。我和自己的选择抗争,才会投案自首,并交出全国各地大官的通讯录大全,还请所长让我向中纪委网提交举报材料。我破釜沉舟翻这几条大贼船,很值!有人夸我,勇气可嘉得任何男贼都不可匹敌。我掩嘴笑。我就是疾恶如仇,眼里掺不进一粒沙的。读书时,发现街头馄饨店老板,天天去大菜市场,一元两元收购剔除的猪肉肉瘤和死猪肉等。一连几天,我拨空站在他店门口小声警示顾客,生意很好的店就倒闭啦。

不说这些了。我出狱后,要进政府机关,就当个文员!

是生存还是生活?我选择好了。

第一辑 与梦同行

道德模范

那天,她在护理病人突然鬼附身般,眼珠滚圆,额头冒汗,腰膝酸软。那是昨夜的梦幻再现,她撞入她和李楠在众目睽睽之下,跪着似两堆臭狗屎的窘境。

史诗是"孝老爱亲"道德模范,那是2008年被评上的。

时间过了三年,家里的日子好起来了。丈夫李楠看着有重新站起来的希望,头有两个大:没有几十万是不可能治得了的。政府,政府能再为我掏钱吗?自从右臂有知觉,电脑成了他和外界联络的通道。那天,他锁紧眉头:史诗工资才2000多元,我和儿子有低保,毕竟入不敷出……真正的男人就是要不断挣扎。我们要有房子我更要站起来,我要赚钱!半夜,他摇醒史诗,激情四溢地说。一天,他看到网上有人高价要买医学证明,就来了主意。

史诗尽管掌管着单位的公章,却一口回绝。顷间,霹雳撕碎暗夜:

那年,李楠高位截瘫,这对19岁的姑娘是挑战也是考验!谁料,一朵花儿悄然结果,人们只见史诗眸子流露羞涩的惊喜。她实现山盟海誓,嫁给李楠并落户沂蒙。李楠在家乡继续治疗,她大腹便便来回奔波。婆婆突然偏瘫,史诗照顾李楠还一边为婆婆端屎端尿。

那次,史诗回娘家,爸妈让她在上海生孩子。史诗淡定地说:李

与梦同行

楠刚截瘫,我就发现怀孕了,立刻意识到这是他做爸爸的唯一机会。爸妈,我就是要让他懂得有权利做父亲也有责任活下去!史诗拿些钱,义无反顾回到沂蒙。

六七年了,史诗发觉自己撑起了家,才大哭一场。唉,但人啊,人!这天,李楠又催促她:你就办一份……没事的。

我卖那个赚钱?史诗咕噜,耐着性子说:你车祸欠下的巨债,政府帮我们,加上社会捐款,都得以还清了。我也有了工作。这是不幸中的大幸嘛!可你……李楠说,我只是不想躺在床上吃软饭!史诗当然理解李楠:他听人建议当"水军",又想在网上开店,甚至产生包装我做生意的想法,却获知我不准经商。嗨,他……是要分担我肩头的重担啊。心里顿觉很温暖。

那晚,李楠翻到有人花很多钱却扳不倒某厅长的网页,就大喊大叫,许多事都没人管,连卖人体器官的……史诗放下手中的活,坐在电脑前:哇,网上有很多办证的!

人最不能骗的是良心。如今物价飞涨,工资没升,史诗手头很紧。那天,她例假要来,乳房胀痛,情绪抑郁,胸中似有股气压着,恨不能拿刀砍谁!我也希望手头宽裕点儿。她竟摔坏把椅子,呼哧呼哧喘气。突然发现电视视屏右下角的什么,她点击进去,哦……《公平的游戏》漫画——只见被钓上来的鱼掉一滴硕大的泪!下面提示:你是因为痛吗?还是怨恨这场不公平的游戏??她直面只有百姓想不到的没有贪官贪不了的沉痛现实,心中蓦然震颤,油然而生愤怒。

我争取公平完全应该。几个铿锵的音符挤进耳朵。如何争取呢?

第一辑　与梦同行

她犯难了。那晚去超市，路上忽然被辆汽车刺目的大灯照亮，她以手掩面，怨气顿生：你们给我奖章，就是让我不能……

我心很痛！回家时她大叫。那晚就在窗前徘徊，记起那句滚瓜烂熟的话，其实是说，最重要的公民美德就是会赚钱呢，忽然领悟：究竟是说不要依靠人嘛。不觉哭笑不得，又觉得无处诉说，竟想躺倒不干了，如得场大病，几天不上班。

但假如道德模范也……岂不天下大乱？她拿出奖章看了又看。一晚，目睹板着脸的院长吸吸鼻子说，她走红，只是意外；也耳闻同事在旁嘿嘿冷笑，考验人的标准就似照妖镜，那就要看她，能不能管好手中那枚小小的公章……这些梦幻画面，都是她日有所思才夜有所梦吧。

那天，她在卫生院护理病人突然鬼附身般，眼珠滚圆，额头冒汗，腰膝酸软。那是昨夜的梦幻再现，她撞入她和李楠在众目睽睽之下，跪着似两堆臭狗屎的窘境。青天白日，她眼眶红红的。毕竟，她深知没有比丧失荣誉光环的惩罚更残酷、更残酷的事，心里一遍遍揣摩：如果我出事，院长还会说，久长的才是人品！她也每每责问自己，我会利用手中的大印出具《出生医学证明》，去捞钱，去捞钱吗？

史诗。

一会儿，史诗擦掉眼泪去水槽边洗杯子，区妇女主任来找她要介绍她入党。她手中的杯子突然滑落，摔得粉碎，一脚的脚面流血了。史诗瞅眼地上的玻璃，似被一把金猴抡起的千钧棒砸中脑袋，幡然醒悟——no.no.no.no.no.了！

93

与梦同行

春光灿烂，云雀欢唱。高个，剪短发，穿银灰色外套，一脸沧桑的史诗，胸佩"孝老爱亲"道德模范奖章出席市人代会。她那颗正直的心，不让"输的鱼"流泪。

等等身后的灵魂吧

爱民远眺岱仙双瀑美景：东边日出西边雨，道是无晴却有晴喔。微笑着，老李留下《等等身后的灵魂》的故事，就像一曲美妙的歌声在空中飘来飘去，然后顺着柔软的树枝一点一滴坠下来。

她说，人总要把拳头先收回来，才会挥出更有力的一击。你爸在世时我就懂得。

爱民患重病，才仔细品味老李退下来时，就对她讲的《等等身后的灵魂》这个故事。

还得从五年前丈夫老李得肺痨退下来，爱民接任村支书职务的事说起。她五十出头，身体硬朗，凡事身体力行。剪了个运动头，上穿红T恤，下着六分裤，迈开脚步卷起了风。

爱民一炮打响。出资跟邻村联办小学，解决孩子就近上学的大难题。

送走金乌飞逝的一个个背影。那晚，爱民端起饭碗，脑子都是村里的一些蹊跷事。那日春华妈去赶集，以1000元价格让镇上手机

第一辑　与梦同行

店回收她的手机，还说赚了。而爱民听说，那是春华花2500元给他妈买的呢！那个黄昏，几个去城里听健康知识讲座的老汉，扛回小山似的保健品，都说东西不贵。爱民心中卷起个急漩，年轻人出外打工寄回来的血汗钱，别让骗子钻大空子哟！几天后，支委会决定在风景如画的岱仙双瀑附近，办个养老院，把老人们聚集起来，也解决像春华妈没人照看的问题。会计捻捻手指，缺这个呢。爱民心里倒亮堂堂的，村里种植淮山、金丝莲，很快就可以收成。建养老院吗？扫视大家一眼，心中主意定了。

一天，雄鸡刚"喔喔"啼，警察就叩开爱民的家门，说你们村几个孩子，要抢酒店柜台的钱！那是办厂的李老犟，怕孩子不读书会没出息，因而不给零花钱了。不曾想，几个孩子结伴到城里玩，住进酒店，竟然……爱民忧心如焚啊，小孩进局子？天大的事！她跑了几趟派出所，也请求所长，小孩没拿走钱，就给个机会吧。

大热天，她的摩托车"突突突"叫，她的脸烧成酱色，回家就上吐下泻发高烧。偏偏来了新任务。国道上，一个死者连同衣物被碾压得血肉模糊，衣袋的名片是本村俊男的。乡亲们都知道俊男夫妇感情不好。可是有人用狗替死，伪造现场！警察非查个水落石出不可。爱民一口气喝下两瓶藿香正气水，支起疲倦的躯体。瞬间，她深有体会，五年了，我和"休息"两字，是两条平行线永远不会交集啰！随后，从乡亲嘴里，得知俊男在外地有个小情人，协助警察逮住了制造假车祸的俊男。

鸡零狗碎的，爱民忙晕了也筋疲力尽的。夜来，在梦幻中依稀

与梦同行

望见，自己安排着养老院的运作、全村电网的改造，红光满面的……身边的老李知根知底，她已垫出早年卖服装赚的百万家财了！不久，老李肺癌晚期，在万分疼痛中逝世。爱民心中惭愧，一时撕心裂肺般放声痛哭，突然摸到颈部、腋下、腹股沟都有硬结。其实，她早就很难受，身体伴着盗汗、消瘦、瘙痒等症状，只是太忙了，无暇顾及。

儿子儿媳回来给老李送终，发现妈妈把积蓄都砸哪里了，也发觉妈妈生病了。他们逼妈去医院，才知道她得癌。儿子抹泪说，妈只为看到乡亲们一张张笑脸。

爱民如头勤勤恳恳、忘我劳动而病老已至的老黄牛，顷间，泪流奔涌，我紧握那把钱心里难受，一松手，就看见村庄铺满阳光。

儿子黑眸闪闪，小小村官若没这样操劳，心就没有归属。他理解。

爱民远眺岱仙双瀑美景：东边日出西边雨，道是无晴却有晴喔。微笑着，老李留下《等等身后的灵魂》的故事，就像一曲美妙的歌在空中飘来飘去，然后顺着柔软的树枝一点一滴坠下来——探险家雇用南美土著，在丛林中找寻宝藏。土著天天披星戴月地奔跑，背着笨重的设备个个健步如飞，探险家竭尽全力紧跟。到第四天探险家醒来时，发现土著还在呼呼大睡，令他震怒。随后醒悟——在旅途中，土著总是拼命往前冲，但每走三天定要休息一天。这是土著几千年流传下来的秘俗呢。土著向导说，休息一天，是为了让我们的灵魂，赶上走三天路的身体。

故事说得多妥帖！妈，你为什么不停下匆忙的脚步？儿子见妈的脸皱巴巴，背微驼，尽管可怖的淋巴癌症状尚未显露，嘘唏请求，生命宝贵！妈你去住院。爱民断然拒绝。儿啊，太精明有时是成不了事的。这话拨动了儿子的心弦，发出一阵"瑟瑟瑟"的颤音，他耳闻外头大树上一只知了，正竭斯底里地叫着，很嘹亮。

儿子发现，世界上最好的安慰，对妈没用。至于人最小的差别是智商而最大差别是什么，母子彼此都心照不宣。

最近，村里投资旅游项目。爱民似今生就是为这些事而来的，坐不住。她斜挎单肩包边走边说，儿啊，妈有空会告诉你为啥。儿子只得上医院拿药，安排妻子留下照顾妈妈。

人总要把拳头先收回来，才会挥出更有力的一击。你爸在世时我就懂得，但我已不能。儿子后来收到妈的短信，顿悟：妈的人生特点和毛泽东的一脉相承呵。

哦，原钻

奥普拉大着嗓门，你怎样算呢？它的售价应由自身……自身价值决定的。

前天，我在读报，病房来了个七八十岁的阿婆。她的保姆叽里呱啦，阿婆大儿子开公司很有钱，二儿子是大法官，在医院的同学就有十几个……听了我笑得流出泪，嘀咕，你们摆谱走错了

与梦同行

地方。

昨晚阿婆床位空着，保姆幽魂般出现大叫，大法官只消打个电话，就让阿婆搬入高级病房了。但换什么换啊，医生护士全说不知道，阿婆几次尿不出来都没人管。我顶撞保姆，你还说阿婆要怎样就能怎样吗？叹惜阿婆儿子给她夹块肉，她咬下去才知道是块姜呢。

下午，阿婆女儿来提寄存的行李，阿婆顺道来告别。她矮矮胖胖，笑脸布满褐斑呈深猪肝色，骂医院的人不地道，她当大法官的儿子要怎样就能怎样，已在省城替她办住院，她明天就做大手术。阿婆的嘴、鼻、眼，甚至眉毛都在笑，似这一去是去领大笔奖金的，兴冲冲地又说，她当大法官的儿联系个大院长呢！瞬间，手机铃声骤响。我急了，叫声阿婆，我老公是万不得已才做微创的，你要选择安全的方案啊。她二女儿推阿婆走，快。法院的小车来了。我看见阿婆将滑入大鲨鱼黑森森的大口似的，惊怵了！我目送阿婆，手心冒汗，对她小女儿说，你妈做过两次大手术，身体很虚弱呢。她小女儿的眼神却空洞又无奈，说全听她二哥的。

灰茫茫的天，沉甸甸的压在夕阳的光头下。我拿起报纸想起那篇短文，哇，文中那颗成本很低的原钻熠熠生辉——奥普拉·温弗瑞请好友喝咖啡，抱怨当初急于求职没提条件。骂老板获得她的成本最低，才把她当牛马使唤！

好友摇头，小心翼翼打开个盒说，这是我探险捡到的原钻。你要吗？我低价卖给你。

天呐，你疯了？奥普拉尖叫，它最少值100万！

好友瞪住她，可我捡到的成本很低嘛。奥普拉大着嗓门，你怎样算呢？它的售价应由自身……自身价值决定的。

嘿嘿！好友的食指划着杯沿。奥普拉呆怔片刻，望见对面的霓虹灯陡亮，换个眼神看好友，脸唰地红了。回去校正目标，小车不倒只管推。滚石上山，爬坡过坎，成电视台改革的促进派，无形中使自身价值最大化，打造出美国收视率最高的脱口秀节目喽！

我放下报纸，从奥普拉的辉煌中走出，气愤了，生命是颗原钻呢，价值会走向两个极端。可阿婆跨不过这门槛，恐怕连10美元也不值了。我望着阿婆的空床如要失去亲妈，搓着手。

昨天，阿婆等大女儿送早餐，饿得低血糖冒冷汗！阿婆看见我们从就在附近的家里来，说不好意思，她……听我的，吃水果了。保姆暗笑，阿婆有"三高"，不卖面线糊和猪血汤了，每天打麻将。阿婆不爱吃药，每天爱吃红烧肉，从不吃水果也不喝开水，昨晚口渴才偷吃你们的柑。阿婆道歉，她让二女儿多买些水果，就加倍还我们。哈哈，你懂得吃水果就好。我好奇呢，你每天没运动吗？你的儿女从没教你调节"三高"？我就给阿婆讲成本只有10美元的那颗原钻了……阿婆似懂非懂。我头顶萦绕阿婆刚去省城的事儿，不由得把毛巾丢地下踩，骂阿婆的儿女都不孝！

隔天，阿婆突然回来了，说大院长怕她再折腾有危险。阿婆苦笑，

99

与梦同行

说伤心哟,早年,她老公得肾癌没钱进医院,死去了。熬到儿子出头了,她想度个幸福晚年么,不料得了身病。而她进医院,儿女后拥前呼,医生护士满脸堆笑,让她很体面。她昨天去省城,是和这儿高干病房的人赌气的。

喔,傻!中医就能解决你的毛病。我把亲戚治好肾结石的联系方式给她,对她小女儿说,你上网查,多给你妈谈"三高"病人的生活常识吧。

她女儿噘嘴,我妈不听。说这也不能吃,那也不能吃,要饿死了。

我建议你妈吃水果,她不是吃了?!我无意取笑她们。

阿婆就此责骂大女儿有时饭送迟了,又问二女儿,你给我买水果了吗?妈妈的小棉袄小女儿连忙检讨,我没带妈去运动。

那夜我梦见阿婆去世,追上她的魂喊,人可带病活到100岁的!睡醒,我看见阿婆活得好好的,手拿我的报纸笑着说,她儿子派车,今天就带她去给老中医看病。我心里不觉大叫,是啊,珍惜,是最好的告别方式。叫声阿婆,看病不是赌气而是要使身体变好的!阿婆颔首,怪罪她的女儿,你们都很孝敬我吗?

顷间,我望见那颗成本只有10美元的原钻,熠熠闪光!

第二辑　大　厨

　　大厨送走小永，回头对大伙儿说，干脆把老板欠我们的两个月工资也赚出来吧。这声音似铜钟与翠竹合鸣的回响，亲和力漾遍大伙儿的全身。很多债主来探听虚实，还处在剥洋葱的懵懂中，突然，康百万酒业的王经理首先冲出黑暗，拍拍大厨的肩膀说：喂，酒家没主心骨就像泥塑随时都会倒塌的。年轻人，你把酒家经营起来吧，先给房租再还我们的债务。众人齐声响应，呼声震天动地，直冲九霄云外。大厨肩搭白毛巾，唱着"打虎上山，敢叫山河换新装"的京剧段子，俨然革命重担一肩挑的杨子荣，顶天立地的英雄好汉。

黑猫白猫

　　二十年后反腐龙卷风，大老虎小苍蝇纷纷落马，当年只是小小科员的姐夫竟安然无恙，最近还被选为泉城市市长，那才是天大的奇闻呢。

我……我反要给你5万元？

胜利听了盗车贼的话，气得咬牙切齿，浑身乱抖，额头冒出冷汗。脑内一组浓重色彩的影像掠过暗夜呈现眼前：早晨天微曦，他往楼下自家院子一瞧，那红红的咋没啦？急忙打"110"电话。片刻，警察就来了。几个钟头后，胆大包天的盗车贼就被抓回，如何处置是可想而知的了。

可中午，在政府部门里当个小小科员的姐夫，带来个归国老华侨，一进来就说是他表舅。胜利本该走直的路，就在这儿不经意拐了个弯儿。老华侨哭着请求，你行行好，可怜我只有这歹仔……

这是贼他爸？胜利活络的脑瓜拉直个问号时，老华侨嗫嚅……阿利你答应我，我5万元，5万元给你……胜利聪明过头却装懵懂，晃了晃身体，而那颗心，已似只毛绒绒的白猫瞬间变成黑不溜秋的了。又听姐夫的，你写张欠条嘛，再去派出所说，是你欠他儿子10万元没还，他儿子才拉你的车去抵债的。

这……怎么可以？胜利咕哝，一下盯住老华侨的皱脸。老华侨两眼躲闪，颠几步说，我会给你5万元，会的，就跪下了。

姐夫扶起他表舅，说胜利你就可怜他吧。胜利嘴上说可怜，心里却打着嘀嘀嗒嗒的小算盘。他穿着黑白毛线混纺的西装，鼻梁一拧，嘴轮廓一歪，皮笑肉不笑地说，我是为救他儿子的！就轻易淡薄了车被盗时刹那间丢魂落魄的情绪记忆，一下抹去对胆大妄为的盗车贼的满腔怒气，对姐夫点头，另一边对老华侨说亲不亲一家人嘛，抄起笔写下张字据。

事在人为，问题解决了，胜利的小车开回来盗车贼也被放了。胜利说我好心有好报，就在家恭候老华侨送钱来。

胜利笑嘻嘻，我车没丢，又可以拿到大笔钱。他为庆贺"双喜临门"，叫餐馆送来几样小菜，在饭桌旁品咂着好酒，手舞足蹈地叫，钱找人才财旺。

可妻说，乱七八糟的。你这样做对得起你自己吗？姐也过来说，你就不怕被人耻笑？胜利按捺心中疯狂跳着迪斯科的小人儿，酱着脸大叫，姐，是你不懂！如今，杀人的生意都有人做，有人做哇。姐跺脚骂，你姐夫和你，都以为有钱就有一切似的。

胜利把酒一杯杯喝了，上楼下楼，跑来跑去，话也特别多。夜深，银白的月儿偎紧黑袍夜神，躲入幽幽的云层里。胜利望断"秋水"，不见"伊人"靓影，却等来盗车贼：小老板，你欠我的款该还了。

是我欠你钱？

不然，你怎会有条子在我这儿？

真他妈的活见鬼了！

胜利不敢喝酒了。又听那贼啪声说，放你一马吧，5万元算我爸报答你，另一半，你还我。天，他似乎不是贼，而是我的大恩人呢！胜利慌了，耳朵仿佛听见一把利刃被折成两半发出的咔嚓声，人悬半空似的，我想买辆桑塔纳鸟枪换炮，鬼迷心窍，才为老华侨写那张破纸条，可没想到啊没想到，这贼不是盏省油的灯！他被人当头一杵般，垂头丧气，一屁股跌落地上，憋不住放出一个大臭屁，差点熏死自己。

还好，胜利活络的脑瓜急转个圈，突然揪住盗车贼上派出所，勇敢地向所长认错。可他没料到啊没料到，所长骂他自相矛盾，他已说不清道不明了，只好和盗车贼，一起上法庭。

啊？如今世道变了，猫居然和老鼠坑瀣一气。那天，老法官也不吃这一套。

胜利做假证，干扰公安人员工作的正常秩序，由原告变被告，这更没在他的预料之中啊。

在拘留所，被盗的车主和盗车贼拘于一室，那才令人忍俊不禁呢。盗车贼冷笑，我爸回国十几年，早就一贫如洗。你让我爸拿5万元给你？嘻嘻，你想得太美了吧！

霎时，胜利眼前飞来那辆红色破夏利，觉得一米七的自己竟比小毛贼还矮一截，欲扇毛贼却打了自己，傻。我被穷得叮当响的老华侨骗……骗了！

我是猫跟老鼠睡一窝呢。姐夫探望时，胜利嘟哝。

姐夫骂谁是大糊涂蛋？又说，当时，你也不管是黑猫还是白猫嘛！……我哪会料到那弯陡生这岔子。胜利骂姐夫是罪魁祸首，还没发觉自己究竟卡在哪儿。但姐夫警醒了：咋搞的，许多聪明人，已极为匮乏判断力了呢？

胜利哭过几回也做过噩梦，一天突然发神经般失笑，姐夫，很简单，做人要留底线嘛！出去后，处事做派完全变了样。这事发生在二十世纪九十年代。

二十年后反腐龙卷风，大老虎小苍蝇纷纷落马，当年只是小小科员的姐夫竟安然无恙，最近还被选为泉城市市长，那才是天大的奇闻呢。

老师傅

翌日上班，我突感到神经紧绷，肚子难受，浑身乏力。炎阳无情地照射大地。我肚子空空，吐泻几次，便栽了跟头。工友扶起我，我上气不接下气地喊：我捡了那东西。

昨晚，那三人测完钢材，忘了一件事。

今天一早，我推着车撩开薄薄的晨霭，拿起竹扫把就像神笔马良的大笔，在省四建的过道上龙飞凤舞。大笔突触及一件东西。我弯下六旬僵硬的腰板。说到底，人皆有把别人东西占为己有的企图，只是被观念缚住。几十年里，我捡到很多东西都学了雷锋。一次，停放路旁的轿车敞开窗，里头有个大箱子。我在雷雨交加中等半天，直到迎上焦急的车主。车主说他箱里有很多钱，还有份重要的项目合同呢！打开拉链，拿一捆钱谢我，我抚掌但叫：我想要你的钱，干吗等你？

只是最近儿子急需钱。当年我只读四年书，没专业特长更没身怀绝技，能赚几个钱？儿子的女友说：我们情投意合，总也要有个窝吧。只求买套单身公寓，让我支持。三十几平米要三十几万呵！

与梦同行

眼前，是我从没见过的东西，觉得物以稀为贵，就捡起那件东西揣进兜，跑回家藏入柜子，再往回赶。

突看到省四建门口停一辆警车。几个人在钢材仓库门口极力寻找什么。出大事了！我心情紧张，又提起沉重的大笔。检测公司的喊，那是危险品。捡到的要马上交出来，也瞥我一眼。我心一震：果然是贵重物品！猜测是他们疏忽了。匆忙扫完地回家去。半夜，悄悄起床，把那东西扔在草丛里。

翌日上班，我突感到神经紧绷，肚子难受，浑身乏力。炎阳无情照射大地。我肚子空空，吐泻几次，便栽跟头。工友扶起我，我上气不接下气地喊：我捡了那东西。

公安携带我，火速找到那条奇特的链子，立即放入安全箱。

工友送我进医院。军医说，放射性铱，可检查机械设备是否有暗纹或内损。用黄豆般大的铱——192，照射在1.5米外、厚度32毫米的钢板，40分钟就穿透钢板。咦！还为我庆幸：你的皮肤没呈焦样改变。事后，我和检测人员都因危险物品肇事罪，被拘留，虽我还在住院。工友很惊讶，贵重金属放错地方会变废物，还害人不浅呢。

我出院了，身体很虚弱，被允许在家养病，和邻居聊起我爸，有点迷惑：现在，人宁做凤尾不做鸡头？许多人向往仕途当精神贵族，不注重技艺压身？听的都觉得话题挺新鲜，似天鹅伸脖子。老工人嘘唏……对劳动者和一些手艺不尊重啦。

我激动得话匣关不住，一些技艺，是很有用处的。比如，要是我爸在，哪还用得着南京铱——192这吓人的东西。眼睛涩得打不开，却侃起往事：嗨……我爸是省建筑公司的总工程师，那时成走白专道路的反动技术权威，多次被批斗。就此觉得做技术没前途，便技不传人，我们几个兄弟才没专长。

话说早年，我爸虽是学徒出身，可勤于学习又紧密联系实际，有很丰富的经验积累，当年已成为建筑"巨匠"，能工程设计还会现场施工。更有种罕见的本事，凭肉眼就能确认哪根钢梁有暗纹或内损，从没出错，被人尊称为"老师傅"。邻居说早有所闻，你爸为人严厉点，得罪一些人。老工人无比惋惜：经验型的高工，如今打着灯笼却无处找喏。

碧天如水夜云轻。梦幻之车加大油门，我的思绪横跨时空。40多年前，我爸高个俊朗，脸庞清癯，气宇轩昂如神仙，一句话常挂嘴上：人不一定要成就什么事业，而是要把平凡的工作做得出色。一天，我爸被批斗回来，手脚都麻木了，走路摇摇晃晃的。突听见有人说兵工厂送某厂维修的机器，找不出问题。我爸如接受个重大的使命，脸没洗饭没吃，说去看看。我跟上。到那儿，我爸有力地咳一声，背着双手，踱着方步，走走、停停、听听，一会儿，就拿红粉笔走近机器一侧，毅然打个叉，说这里有块钢板内损。神了！那兄弟厂的技工马上停机换钢板，随后开机，便手舞足蹈：天啊……老师傅您帮了大忙。我的梦幻之车开回来，嗐，情不自禁地疾呼老师傅。可我哪会料到，我爸的那次帮忙，竟成了人生绝唱。想起这段经历，我泪奔了。老工人无比惋惜的感叹竟然使我情绪激越，一夜间，急白了所有的头发。

多年后，侄儿考上职业学院，单位招进许多技校毕业生，我眼前才豁然大亮。

如果樱花不再是樱花

老板是个中年人，不高不矮，清清瘦瘦，肩头披一块白毛巾，眼神一点儿不乱。

在公园樱花满开时，向东看午夜影剧院的大片睡过了头，早上起床就往公司赶。

春节期间，淘宝的营销让所有的快递爆棚，自然冲击着街上的商家，美食街的生意，不知跟网络销售爆棚有没有关系，也不景气。节后，老板们都差点冲出门外吆喝，招徕顾客了，促销的花样也就繁多，醒目的广告比比皆是。东北饺子店，刻意在门口放一尊高大又和善的伙计雕像，向路人鞠躬，唯有那家名小吃店没做什么大广告，反而一直在店外有排长队的顾客。

名小吃店的肉粽虽出名，但有那么……令人垂涎欲滴吗？非得饿着肚子在外面等？？排队的人似乎不在乎他的想法，尽管他们张望别的店面冷冷清清的，也张望自己店里的表情十分尴尬，但不可否认，向东的胃袋悄然打开，我就想进去剥个八宝糯米粽来碗豆腐清汤嘛。只是他嘀咕时也感觉有点儿走眼：那队从店前拖到街心，曲里拐弯的，看过去就像谁用根绳把这些人穿起来那样。

向东报个到就借口溜出去，觉得肚子的空当越来越大，饿得有些慌了，但不去名小吃店。一眼看见对面有家拉面馆，门前有几级石阶，高高的，店里没客人，便走进去。老板是个中年人，不高不矮，清清瘦瘦，肩头披一块白毛巾，眼神一点儿不乱。向东坐下来就叫，一碗牛肉面加双份料。一面看窗外，对面的队还排得那么长，顾客有增无减，这就更显得这家面馆的冷清。愣头青好奇地问，那名小吃店为什么生意火爆？后悔唐突时，已被吓得伸长舌头。那老板似个破锣骤响，大着嗓门，小兄弟，现在连吃饭也上网，生意都不好做，哪来那么多客人。旁边的嫂子嗫嚅，有人从国外旅游回来，说那是樱花……

樱花？向东听不来。十几分钟过去，老板端来碗黄澄澄的拉面，上面放十几片切得极薄的褐色卤牛肉。向东饿极了，吸溜几下，咀嚼起来。吃时，听到外面有响动，是汪星人还是喵星人来吗？老板微笑着说，他又来了。立即放下手中的活儿，如迎接贵宾笑容可掬地走出店，却抱进个脏兮兮的小老头，小心翼翼放在一张椅子上……这是他爸？向东的心闪过念头。瞬间，多少温馨都长了春藤，爬满面馆的墙。大嫂拿毛巾扑扫老头身上的灰尘，给老头擦脸、洗手，老板忙着洗菜、煮面。一会儿，老板端出一大碗拉面，上面加青菜和纯白色的荷包蛋，说大伯喜欢吃他的拉面，每次都要他煮烂些。刹时，向东闻到一股沁心入脾的芳香，幽幽长长的经过斜风细雨过

与梦同行

滤似的，纯净而湿润，扑面而来。也瞥见老头两腿萎缩，想象他行动不便，一路爬过来的模样。眼下，老头倍感温馨似的，音乐感十足的吸溜着拉面。老板很有人情味呵！向东心里的一座墙訇然倒塌，他悲哀，也惊喜，眼睛润泽了。话说未曾深夜痛哭过的人，是不足以谈论人生的。他倍加感受没爹没娘长期漂泊在外的痛苦，更忆起早逝的疯娘。

向东抹几次眼，吃完面回公司。哟，虽弄不懂樱花还有什么指代，但世界哗一声后，他揣测名小吃店的老板究竟是什么货色了。广告公司同事听说小吃店老板是樱花，也一时听不来。向东转念就有九十九个刹那，觉得小吃店老板的心机，就似他年年看多了的凋零满地的樱花，烂烂的。随后闻到一股马粪纸的臭味，连喊臭臭臭，捂紧鼻子跑开了。同事说，你知道吗？你去吃拉面的这家店老板，就是两个月前，接受捐助治好儿子大面积烧伤，敬请全市人免费吃一天拉面的那位。哦……向东那晚做个梦，听见那老板说：我儿子获救改变我的一生。我回报社会，老老实实做生意，再穷也不做臭"樱花"！

向东心灵震颤于曾犯抢劫罪的人天翻地覆的改变，也真切感受渴望的东西就在咫尺。我们也能得到它吗？年轻人心中荡起秋千，半响，他决定发一篇博文，又想教这老板上网卖拉面。看来，这老板以后不赚钱，都难。

110

第二辑 大 厨

满 意

刘警官送走阿婆，眼望前方，感觉如今的工作好做，那句又成了口头禅的老话似那台新电脑鼠标轻快地滑动，点到哪儿就到哪儿。

刘警官分管坑头片区8年了，有的村民还不认识他，比如阿婆。

我找谁证明我是这些破房的主人啊？初夏，台风将至。阿婆女儿来看望她，阿婆说出翻建危房的疑惑。女儿就陪她到村里的警务室找刘警官，说我最怕老妈遇危险，拿出积蓄要帮忙翻建，没想到这么不好办。

警官打电话让阿婆侄儿过来。侄儿说，不是我们村委会刁难。婶有三个名字。你看，你看，谁敢证明婶婶是婶婶！阿婆看警官，中等个，黑胖，嘴唇棱角分明。警官念了一句老话，把黑夜咬了个窟窿般。阿婆耳熟，心头热乎，马上请警官去看濒临倒坍的石头房。警官巡视危房，剑眉张扬。第一，要翻建；第二么，确定阿婆的名字，才能通过翻建审批。现场会，在走廊召开了。女儿泡茶，来来来请警官喝。阿婆拿出30年前的土地申请表和失色的结婚证，上头分别写陈丽英和陈爱莲的名字。女儿喝口茶说，坑头人都叫我妈是陈莲治，和身份证相同跟其它的不同。也说我爸已过世，陈爱莲的名字没用了。警官没说话，头却鸡啄米般。侄儿问，我们只要证明陈莲治和陈丽

与梦同行

英是一个人吗?警官睁大眼睛……实事求是呗。随后,笑了。

最近每天上班,警官都为求证阿婆的名字奔走。

黄昏,他回到警务室,泡碗方便面。门外,燕子的黑翅驮着发霉的记忆,抖动湿漉漉的忧伤,勾起他的悲情。他下坑头8年了,在老君岩山下的风里雨里跑,满腹牢骚。那时读小学的儿子,看年近五旬的爸,每天骑一辆破摩托到偏僻的山庄上班,觉得好可怜。愣着叫爸,表叔当官有车又有房,你怎么不跟头头搞好关系?他叫声不公平呵,天地也顺水推舟——我当志愿兵多年已够穷,又碰到那件头疼的家事,更穷了,只有被下到"边疆""劳改"的份。但他满怀苦衷,怎能对小孩子说呢?……没好气,骂小孩不懂事,你妈做手工钱少,上有老爷爷老奶奶要赡养,爸哪有……哪有钱……

闽南多台风。月悬高空镶红晕。警官的心思从往日的悲伤中抽回,也想早些送报告么,伏案写几行,铃声骤响。他拿起手机,是牌友邀他去打牌。他把烟蒂一丢咕哝,以前我每天当和尚撞钟,业余打打牌……嗯,今晚我手头事急,不去了。牌友不满,反腐九级浪,你别搞腐败喽。他俨然回到高举右拳的时刻,忽然热血喷涌,喊:胡说!我心田扶正的苗已蹿出新芽,就玩点速度和激情呗。

警官写着,写着,眼睛就眯上了,看见爷爷蹒跚过来说,你爸妈去深圳打工买的房要卖掉。他叹气,我爸妈遇车祸全没了。更伤心呵,我去深圳,那里的要我证明我是我爸妈的儿子。我回家办证明,也碰到横挑鼻子竖挑眼的。大男人脑子铭刻这头疼的事儿,泪滴在眼窝里滚动,那时他骂同行的话,还在脑际嗡嗡作响呢。

忽然，雷声咔嚓一声，撕破他的梦境。大雨倾泻。他惊觉有团火落在身上了，急忙披件雨衣，去把阿婆安顿好才回来睡个囫囵觉。

几天里，警官带着阿婆的照片在穷乡僻壤里跑。证婚人说，陈爱莲是陈莲治在娘家的名字。陈莲治和陈丽英是一个人。村委会的说，麻烦是阿婆不识字造成的。村民甲说，阿婆只剩女儿和女婿，还有个外孙；村民乙说，阿婆翻建危房，我们帮她澄清事实吧。于是，几个村民到城里的派出所做证。警官为慎重起见，声明，你们是要承担法律责任的，都想好了吗？村民哈哈笑，先后拿出印章，盖上了。

翌日，警官把报告送上去了。哇，领导的速度也好快，立即批了。他马上通知陈莲治去拿"名字调查证明报告"。阿婆女儿带阿婆去所里。阿婆接过报告，眼泪吧嗒，啊，我证明身份就找刘警官！阿婆去办危房翻建审批，房子就动手翻建了。

阿婆前来道谢时，所里一个电话通知，本月刘警官这道证明题得满分，被树为所里走群众路线的标兵，乐开了怀。他送走阿婆，眼望前方，感觉如今的工作好做，那句又成了口头禅的老话似那台新电脑鼠标轻快地滑动，点到哪儿就到哪儿。

他流浪的心找到家喽。几个月后升了职，取代原所长。

大 厨

大厨肩搭白毛巾，唱着"打虎上山，敢叫山河换新装"的京剧段子，俨然革命重担一肩挑的杨子荣，顶天立地的英雄好汉。

大厨像两年前那样潇洒，把白毛巾搭肩上，手一挥，我走！声落人现，胖墩墩，满面红光，天生有股乐观向上的朝气，身后跟着女友小桃和50多名员工。

时光倏地跑回两年前的立春，那是康店镇兴荣酒家最寒冷的一天——老板突然跑路了！

大伙儿是上班才知道的。上午，酒家大厅聚集许多债主。大厨手指折几下，老板欠房租、鱼虾钱、水电费和煤气费等，约100多万。本来，今天要补发上个月工资的。年轻漂亮的服务员小桃哭了。是啊，我们连路费都没有！家在甘肃的小永急得直跺脚，不过，庆幸法律维护打工的，便喊报警。大伙儿习以为然，齐声赞同。小永打电话给巩义晚报和工商，也拨打"110"电话。

气温在零下，但风和日丽，天气好得让你想放下手中的活儿去狂欢。工商、警察很快到了。小桃感觉有异，哦，是一贯的主心骨，大厨坐在角落里，一声不吭，似乎心事重重呢。

过一会儿，大厨眉毛翘起，不再眯着的眼睛星光点点，嘿，天冷得像笑话，我们的日子别过得像废话。逗得讨债的也笑了。

大厨带人盘点资产，41台空调、30台电视机、桌椅板凳和厨房用具若干。大厨又打开冰箱，得知鱼、肉、干贝、高级配料等，约有3万元左右。然后，把目光放在经理、厨师、跑堂、迎宾、墩头等人身上，泰然自若说，大活人不能等死。老板不在，我们为什么不开张？是啊，一个萝卜一个坑，干活的都在！大伙摩拳擦掌。大厨眼如铜铃，说至少，我们把回家的路费做出来嘛。

大厨一呼百应。逼近年关，遇到老板跑路的事，工商、警察和记者居然支持。"康百万"酒业供货的王经理看好大厨，跟大厨签了优惠协议，其他供货商相继签了。转机在望，大伙儿深知是在为谁拼搏的，自然有种令人很惊喜的姿态，每天用鞭子甩亮黎明，赶着辆破车，将太阳从东山拉向西山。啊，大厨更如一位指挥家挥舞手中的指挥棒，演奏一部力与美的交响曲呢。没几天，大伙儿的路费赚足了。小永回家结婚，揖手告别了。

大厨送走小永，回头对大伙儿说，干脆把老板欠我们的两个月工资也赚出来吧。这声音似铜钟与翠竹合鸣的回响，亲和力漾遍大伙儿的全身。很多债主来探听虚实，还处在剥洋葱的懵懂中，突然，康百万酒业的王经理首先冲出黑暗，拍拍大厨的肩膀说，喂，酒家没主心骨就像泥塑随时都会倒塌的。年轻人，你把酒家经营起来吧，先给房租再还我们的债务。众人齐声响应，呼声震天动地，直冲九霄云外。大厨肩搭白毛巾，唱着"打虎上山，敢叫山河换新装"的京剧段子，俨然革命重担一肩挑的杨子荣，顶天立地的英雄好汉。

以后，几乎每天都有债主来观顾，脸上都露出欣喜的目光。小桃荣升大堂经理了，睡觉时，梦见很多员工在说，大厨敢做敢当，大伙举手抬脚坚决拥护。

大厨听小桃说完后，信心满满的，也是的，干活的都在，我怕什么？每天，大厨干完手中的活儿，用毛巾擦把脸，挨桌去敬"康百万酒"。大厨夸奖慈禧老佛爷喝过的名酒，味道绵甜清香，纯洁透亮，回味悠长！老食客好奇也似乎觉得责无旁贷，不约而同都来捧场。顾客往往一边品尝着美酒，一边赞美"康百万酒"，健身壮体，胜过"百万"呢。

小桃那天莞尔，向大伙儿宣布，我们的生意从来没有这样好，已还清所有的债务了。

一年多后，大厨在大伙儿的拥戴下，坐上总经理的宝座也收获了小桃的爱情啦！

春节前，大雪封门。酒家生意好，急需员工大招聘，不料，铩羽而归的老板突然回来了，着实叫人大吃一惊。小桃招呼大伙儿，酒家立马闹翻天，大伙儿气势汹汹围住老板，愤怒谴责他做人背信弃义。

又有谁料到呢，老板对大厨说，我的酒家，当年如竹节草随时都可能被风吹走啊，是你救起它。好梦连连的云里雾里，老板的影子蜷缩在两脚间，相信眼前的一切都是真的。哇，是大厨用难以想象的热情和坚持，勇挑重担，扭亏为盈！他欣赏大厨的勇于承担，一方面也怕酒家的员工反了吧，大声宣布——我正式聘请大厨当总经理。

我竭尽全力了。大厨坦坦荡荡，把账目点清要走人，营业大厅出现了开头的一幕。老板差点跪求了。大厨眯眼细思量，也是的，年前，"康百万酒"促销，价格很优惠也很实惠，酒家的生意靠它发扬光大呢。好。我们把节前节后的生意做好，才对得起全力支持我们的康百万酒业等供货商，和一直关照我们生意的所有顾客嘛！大厨主意打定，把白毛巾往肩后一搭，继续做大厨了。老板的两行热泪，倏然滑落。

多年后，老板对康百万酒业的董事长说，大厨拿走50万，又贷款100万，开办孔义职业学校，面向全国招生，专门训练酒店经理和厨师。董事长笑呵呵，大厨培养经理和高级厨师数以万计，有目众睹嘛！突然，一道闪光击中老板的心脏，我知道为什么靠山山倒靠水水流了。也许，物可以瞬间无主，但人必须有颗实诚的心噢！

回头，老板打电话给大厨喊道，钟明，你扭亏为盈纯属偶然，但你把我的酒家当成你的事业来钟爱，这是你人生最具潜力的原始股。大厨的妻子小桃噘起嘴，瞥见钟明一点不生气，答的话有情又有意，谢谢。我只是你的朋友似棉被，真正使你温暖的，必须是你的体温！

如今，大厨带领全校师生，一个劲儿往前奔。

皇帝都帮不了你

若琛的前妻得知若琛帮弟还巨债，还办"华人互帮会"遍及B国，得到许多华人的拥戴创造了奇迹，赞美他的好人，决定和他复婚。若琛回国，一家人欢聚，若琛大笑，人还在梦境里飞翔：我只希望在进入坟墓时，也步入圣贤的殿堂。

若琛含着泪，到了B国小城。这活了半世纪的男人，立刻去找地下赌城，像亡命徒找恶魔老板谈判。若琛斩钉截铁般声明，我空手来打工，是为了救我弟弟石头，替他还赌债的。嘴角微翘，今天我说明白了，假如你们还放他进来赌，第一我不会还债，第二就报警。如果要砍死我，请便。抑或，恶魔看来人很有舍命陪君子的气势，抹掉额头冷汗说，好，就听你的。若琛这天下飞机，就打了一场漂亮仗。

若琛又到贫民窟，从租房的破床上拉起鼻青、脸肿、瘸腿的石头，说服他，你要出去打工还债。石头心底的愁苦似蚂蝗紧贴着，很懊丧……我大不了太阳穴挨一枪，似一只死猪激怒了若琛。若琛发火，你不要辜负爸妈的期望！目视邋遢的石头，只讲个皇帝的故事。

石头只逮住"皇帝都帮不了你"的话，脑中电光火石，闪过几年前的巧遇，一日，餐馆来个风情万种的女郎，跟他对上眼，他便不时陪女郎去豪赌。不久餐馆倒闭了。妻儿也离开他。半年来，他欠着赌场巨债，天随时要塌下来，只好求救于哥哥。在生死关隘，忽然一声清嘶鼓风而至——哥哥救人来啦！石头心中大喜过望，我把这十几年的境遇做个了结吧。若琛蹲下身，推石头几下。石头的情感擦出火花，眉毛挑起：哥哥清癯俊秀的脸，细软浓眉及鬓，显然才智过人。不过脸色苍白，有些憔悴呢。若琛说，我知道你站在悬崖边上，就撇下一切来了。我全听你的！石头脸红心狂跳，一下爬起床。

没几天，若琛让石头去蛋糕店学艺。每天，你身上只能带1欧元。若琛坚决实行。石头身上没钱，耳边又回响"皇帝都帮不了你"的话，赌瘾上来只得抑制着。若琛循循诱导石头，你欠下巨债，别想逃脱的。石头才丢掉了幻想。若琛也去打工。一年过去，兄弟俩开一家糕点店。顾客赞美这家糕点又大又好吃！更招人眼光的是，若琛出国救弟骨肉情深的故事，拨动人的心弦，当地华人都喜欢上他们的糕点店。若琛由此结识了不少华人，又视同胞如手足组织了"互帮会"，让大家每月交点钱，谁需要钱只要说一声。初到B国的华人听说若琛尤其热心帮人，有困难都来找"及时雨"。

长夜漫漫。

年关，大地银装素裹。石头憨笑着，哥，你为我付出十年的心血，我感恩也戴德。石头的赌债剩十分之一即5万欧元了。这日，兄弟住进新房，勾肩搭背坐在沙发上谈心。若琛心中掂量着，边想边笑，为了出国，我把自己逼向人生的死角呵。你嫂子死也不让我走，但你这边火烧眉毛，火烧眉毛了……若琛伸手涂涂眼，我爱着你嫂子和我的女儿。夜夜都梦见她们呢。是啊，除了哥哥，皇帝都帮不了我！若琛皱眉，不是我帮了你。那晚，他们去散步，若琛拍拍石头的背嘱咐，爸妈生前有遗愿，希望你多赚些钱回老家筑那一座桥，造福乡邻呢。石头颔首。若琛再讲起皇帝的故事：

宋仁宗偶尔听见侍卫在争吵，甲说，人只要努力，就会改变命运；乙却说，只有皇帝才能决定我们的命运。皇帝正考虑替补侍卫队长的人选，忽然诡秘笑了，心生计谋，回房写两张一样的纸条，分别装入密盒。先叫乙送一个，一会儿，也让甲送一个到内务主管那儿。主管按皇帝旨意，让甲做队长了。

仁宗不是特意安排乙先走了吗？

那是乙遇到个人，边走边谈，从昨晚做美梦到中午吃鱼吃肉，聊得没完没了。甲却手捧密盒只管赶路，遇到人只打下招呼，一鼓作气，把密盒送到内务主管手上。

甲抢先几步，就碰到好机会了吗？

你知道吗，仁宗的纸条是写谁先到就重用谁的。仁宗还特意派人去考验两人是如何做事的呢。这不，乙顷间露马脚了。若琛眉头伸展浅笑，本心，是心头一滴血喉间一寸气噢。石头内心沸腾了，顿时找到一把钥匙开了锁那般，如果我做事像侍卫乙，就真的连皇帝都帮不了我了。

散步回来，石头知道了，十年前，若琛是辞了外语教授的工作、咬牙离了婚、别了即将高考的女儿来救他的。石头的心，突然如一块巨石砸在湖面，久久不得宁静！愣怔片刻，伏在哥哥肩上号啕。

若琛决定和漫漫长夜道别，说出国后，我坚持每月给前妻和女儿写信，恳请她们理解我原谅我。一再表明，我不这样做，弟弟就会客死他乡的。

若琛的前妻得知若琛帮弟还巨债，还办"华人互帮会"遍及 B 国，得到许多华人的拥戴创造了奇迹，赞美他的为人，决定和他复婚。若琛回国，一家人欢聚，若琛大笑，人还在梦境里飞翔：我只希望在进入坟墓时，也步入圣贤的殿堂。

金色吉祥物

高贵的金龙鱼优雅地游动着。我心花怒放，行事如鱼得水。我想："倘然我这笨人一出事就逃跑，就会触及到老板高贵心灵那最柔软的部位，至于想跳起摘那个又红又大的'苹果'，更是题外话了！"

我的心怦怦跳，因为老板回来的第一件事，就是在鱼缸前驻足，观赏他的金龙鱼。

一会儿，老板让我去他办公室。"你把鱼缸打破，金龙鱼也死了？""是。""你自己花钱买鱼缸和金龙鱼？""是。""你为什么不一走了之？"

哇啊。他最后的问题问得玄妙！我下意识地摸一下后脑勺。我一些刚参加工作的同学都习惯这么简单操作，然而，我不会这么做，

与梦同行

我只是藏族神话中那个在一碗白和一碗黑酥油茶面前，专拣黑的喝的笨人，发傻，嘴拙，只说实话呵。我望着老板平静的眼神别无选择，笨嘴笨舌应声："我做人要诚实，损坏东西要赔，小时候我的老师和长辈都是这样教导我们的。"

"好！"老板喉底发出洪钟般响声，吓我一跳，他脸庞焕发着光彩说："我非常欣赏你的理由。诚实，勇于承担责任的人才不能浪费，下个月你去人事部当副经理。"

老板始料不及的提升令我说不出话，好久才道声"谢谢！"正要转身出去，老板又叫住我，递给我一叠钱说："这是你买鱼缸和金龙鱼的钱。"哇啊，我袋子正空空如也，老板解了我的燃眉之急。我高兴地接过钱，心情很激动——涉世之初，我费好大劲才找到这份工作，可干两个月就出事了。本以为这下没戏了，但幸运之神眷顾我，我笨人虽笨，却得到比我更"笨"的人赏识，不但没被炒鱿鱼，而且被安排到重要岗位上，此刻，我反而感谢那两条金龙鱼了。

我的老板从香港到内地投资办公司，他最喜欢的这座鱼缸安置在大厅最显眼处。里面水草碧绿，怪石鳞峋，一对金龙鱼全身细鳞熠熠闪光，眼睛漆黑晶莹，游动姿态极优雅。那天，老板出差，特别嘱咐我照顾他的金龙鱼。

我精心呵护着金龙鱼。一次换水时，欲把假山抱出洗濯，不料它生满青苔，竟从水中滑脱。只听"哗啦"一声巨响，玻璃碎片和鱼儿一起落地，两条柔软而富有弹性的鱼儿在地上拼命挣扎，我急忙提来水桶救起它们。

第二辑　大　厨

　　是夜,我眼前浮动老板盛怒的脸庞,难以成寐。翌日,我中饭没吃,就顶着酷暑买回鱼缸,把鱼放回去。但是天不从人愿,鱼太娇嫩了,隔天一早,就把平时贵族气的肚皮翻上来。这下我方寸大乱:那是老板的吉祥物啊,一下全死了,老板一定会雷霆大发,不怪罪于我才怪呢。我震悚,搔首踟蹰,一个问题喋喋不休:"怎么办,怎么办啊?"绝望之余暗中盘算着:三十六计,走为上策,跑吧!但我竟拔不动腿,思想斗争非常激烈。午夜梦回,正是人心与灵魂激烈碰撞的时刻,小时读过的一篇课文倏然盘旋在我脑里,那是列宁小时候碰碎姨妈花瓶,勇敢地承认并受到大家表扬的故事。榜样的力量是无穷的!小时老师和父母的谆谆教导鞭策着我鼓舞着我,我脑袋开窍了,立刻打消了临阵脱逃的念头,勇敢地承担起赔偿老板金龙鱼的责任。那一刻,我这个其貌不扬,矮矮小小黑黑瘦瘦的农村仔,顿然觉得自己长高了,仿佛是一个顶天立地的英雄汉啰!

　　双休日,我跑遍宠物市场。可不问不知道,一问吓一跳:一对金龙鱼要价两千多元!"哇啊!我哪来这么多钱?"我倾其所有还差几百元,我求助于我女朋友,她骂我一根筋不转弯,说老板有的是钱,你可以说假山太滑,或者说不是故意让鱼死去的,变换个说法软处理呗!但我早喝了黑酥油茶,笨脑袋不开窍,我暗暗下决心:我一定不悖于我做人的准则,一定要赔老板的金龙鱼。我只好找同事借了钱,最终把一对金龙鱼买回,放入鱼缸里,这会儿,才松一口气。这时,我手拿老板给的鱼钱也幸运地得到提升时,唯有断定这对金龙鱼是吉祥鱼!

与梦同行

高贵的金龙鱼优雅地游动着。我心花怒放,行事如鱼得水。我想:倘然我这笨人一出事就逃跑,就会触及到老板高贵心灵那最柔软的部位,至于想跳起摘那个又红又大的"苹果",更是题外话了!

融雪杜鹃

一点小伤不治,却……要求太过分吧。公司条款也不允许嘛!经理就把矛盾上交。那男子走到我大班桌前"呼哧"着说,求求大老板!我……出意外,你们就会赔钱,我只想让你们为我儿子做手术。

你做梦吧。我虽内敛傲气,但还是拒他于千里之外。

我不时对人谈起黑郁金香,但始终替老白保守一个秘密。

我是家大型广告公司的老板。内勤在前天招个杂工老白,劳工部尚没给他办工伤保险,他就从二楼摔下来。公司要给他治伤,他舔着嘴唇说:别为我治。你们就为我儿子做手术吧。

一点小伤不治,却……要求太过分吧。公司条款也不允许嘛!经理就把矛盾上交。老白走到我大班桌前"呼哧"着说,求求大老板!我……出意外,你们就会赔钱,我只想让你们为我儿子做手术。

你做梦吧。我虽内敛傲气,但还是拒他于千里之外。

老白纠缠我不放,又说,不然你就赔我十万……我只好开车带他去看他儿子。这是间极破的简易房。他的儿子八九岁吧,长得眉清目秀。碰巧，父子都是瘸子，走路一瘸一拐地往前蹭，令人心恻隐。刚好，有个以前住这里的朋友路过，给我提供情况——

老白带个孩子。父子每天瘸着腿，一前一后去捡破烂。搬家时，朋友把不要的给他们，老白连连道谢。以前，常看见他们各端着个大碗，吃些饭店里的剩饭余菜。老白常年穿着身破衣服，只有过年给孩子买件新的。去年，他们在这里过年，有人送饺子，朋友送的是单位分的腊肉，老白呜咽着说：这世上，好人多。一天，有个拉扯着俩孩子的本地女人，让老白搬出去一起过，老白却不。朋友疑惑，他说，一是怕耽搁人家，二是得为儿子做腿部手术攒钱，医生说要十几万呢。如果结婚负担重了，就没法给儿子做手术哇！末了，神秘地说：不要让他儿子知道……

大老板！正说着，老白抱拳摇着像鸡啄米，就要跪下，你别管我，为我儿子做手术吧。我拉起他，示意朋友走到外头，说老白手脚有点伤不想治，又道出老白不着边际的要求，骂他吃豹子胆狮子大开口。朋友耳语：小孩是他捡的，可……他是世界上最好的爹啊！说着，泪眼蒙蒙。我也鼻头发酸。我也有过很好的爹呐，大旱之年，为上山采摘野果给我们充饥，摔下崖死去的，那年我才周岁。瘸腿的小孩似枚刺扎着我，疼痛时我的心反而热乎起来，羡慕他遇上最好的爹！

我年近半百。个头很高又结实，容光焕发的，正像挂满硕果的一棵椰树挺立在人前。平日，如个无处可去的游魂，我天天开着豪车，赌博下棋，吃喝玩乐，梦里绝不会出现像老白这种捡破烂的人！

与梦同行

朋友抹泪凝视我：……你就从袋边摸……点！人皆有不忍人之心的。

让我掏大把钱帮个跟我公司没任何关系的人？我心里觉得老白是故意摔的呢。只模糊应声，容我想想。

不久，朋友上公司谢我，说看到那孩子走路正常了很欣慰，可觉得老白走路一瘸一拐的，手似乎也扭曲了。

我请朋友喝茶，告诉她：父子俩感恩，中秋给我送山芋、玉米。我请朋友对他们说，那事不必挂心上。还跟朋友约定，一辈子为老白保密。不觉聊到二十多年前，我去荷兰有幸目睹黑郁金香的一幕。"黑媚"冷艳高贵，独一无二。阳光明媚的中午，广场上一片惊呼，人们情不自禁地鼓掌，我也争相与之合影。可半个时辰后，花朵似乎被什么烧焦，一下凋零了，全场哗然！年前，我又见识一种唯在冬天里开放的杜鹃。我头头是道，叙说着俄罗斯的奇遇。那深紫色怒放的花朵能强烈地吸收阳光，保证了花朵绽放的温度。更令人称奇的，它次第开放时就会融化周围的冰雪，叫人刮目相看。

我也对老朋友倾诉衷肠：从老白家回来的那晚，我休憩在花园摇椅上，望见一颗星星划道弧光坠落。黑郁金香乍现，伴随我的思绪，融入闷热的夏夜中。我合目深呼吸，顿然灵光闪耀：啊……黑郁金香只一味地吸收阳光如团燃烧的火，才会被聚集于身上的高温烧死！半梦半醒之间，融雪杜鹃随风潜入夜，润物细无声，令我再三品尝：从含苞、绽放到凋零，从容地享受着生命不同阶段的美好，正是它将成长之外多余的热量，转化为热辐射向外散发。原来，它有不一般的品质呵。我想帮助别人，我会有好口碑，也会增添了生活乐趣，我的心花开放。

后来，朋友知道了，老白儿子的一条腿腓骨是骨折术后腿外翻畸形。我一出手两万，为他做了矫正手术。

尊　严

在黑夜的雷雨闪电中，突然，我房间蹿出一只大白兔，左冲右突。

人们温馨喜庆过春节，我的心却透凉，去老同学家泡茶时抱怨，我做销售经理，常加班到晚上十一二点，多年如一日得不到赏识。走到门外，举头望蓝天白云，哀声叹息，我的前途呵，一眼看穿。

宾宾拉我坐下，一起品尝香茗，嬉笑着，你在外企经销安华的钙镁片、螺旋藻、蛋白质粉，不是要实现你的高管梦吗？抛出不成熟的商业计划，要我参与。我觉得已行至水穷处么，节后，贸然递了辞呈。

周末，我们去桃溪漂流，路上我发泄心中的不满，美国老板来了，找我面谈。哼，我三年超额完成任务，每年整组做到125万元以上，市场有2个以上达标，国内进修指数做到4000多分，他给我升职了吗？高级营销指数达标，能参加海外研讨会，可我

与梦同行

从没机会,也得不到全国分红。

优厚的回报谁不要?你是只苍蝇落米汤——太老实了,谁也不会把你放眼里。宾宾念念有词,你从没被重视过。这次是你辞职了,老板才看出你的价值,刮目相看的。

……我强扭老板这颗瓜?不。

漂游回来,我张开双臂,站在顶楼阳台上,看黄昏的乱云飞渡。

我不甘心,隔天快下班,把要的货物都提出堆得小山般,仓管让我签出库单,我却脚底擦油溜了。

但我是个大老实人啊。在别人眼里,皮肤白皙,像某个大老板清癯的瓦刀脸上,架着一副细长的黑框眼镜。在黑夜的雷雨闪电中,突然,我房间蹿出一只大白兔,左冲右突。我凄然落泪,心都碎了,我把满腹的委屈腌制成愚蠢的报复心,差点走步臭棋哇!

宾宾打我手机,你怎么不行动?只是我挣扎出漩涡了,搪塞他,机会未到。

宾宾事后发觉我的计划有变,也在那头快言快语,人看时钟往往不看秒针,你感到不公平就努力做前者吧。我点头。

几天里,碗中的白酒映衬我大红枣般的眼睛,我把栏杆拍遍。我没做挖洞的老鼠,也是老板提了几个挽留计划。我的心清澈见底,我才不解老板风情呢,心叫道,我要辞职你才加薪,还专门创造个职位来。你哪知道,老实人尽管容易感动却从来不骗自己!我再递上辞呈,老板扬眉,你的,要和我擦肩而过?

第二辑　大　厨

一天傍晚，女友约我吃饭。我会不知道她干吗，哈哈笑，跟我走吧。还是跟着瓦刀脸，吃香喝辣的，包你一生没风险！不是一下全有啦，神经病。女友嘲笑。

那天，老板约我去办公室，送上一杯热气腾腾的咖啡，皱皱眉，你们中国人的，都学会妥协，改变不了别人就会改变自己……

我只喜欢，在对的时候碰到对的人做对的事！我泰然处置。

老板就卡我，不批我辞职。我按照公司的辞职程序，办理辞职。也不时去宾宾家泡茶，分头行动，做市场调查还理论论证，多方咨询又落实集资，那天，我一拳定音，我们的网络公司就开业了。

在公司，我最关注那些"落入米汤的苍蝇"。周末聚会，我让几个经理汇报思想还虚心请教。每天上班，我都像做游戏那样，让员工口头签到，匠心独运，就是请每个人都不要重复别人。这样，鸟鸣、猫喵、犬叫，盛满了蓝色的大厅，欢乐的笑声抬起新的一天。这就是我，调动员工不留余力的妙招！

老板再次请我去，设宴挽留我，我说我身心健康又工作出色。我是游泳的速度太快裤衩都跟不上了，才露屁股的。我揪揪耳轮喊，我没跟老板拉上关系，是我的顶头上司窃我的功劳为己有。不过，我老实又肯干，应该受到尊重！老板只好点头。但看云起时，我已想做个好老板了。

那年的年终会上，宾宾总结公司骄人的成绩。我说倒好么，为人的尊重和意志，我产生灵感和有了好心境，闯出一条新路。

生命里的烛光

此后的一个金秋,女孩如愿以偿地收到大学的录取通知书,实现了他们梦寐以求的愿望。至此,一冬的希望如春天的种子般破土而出,她等待他前来和她圆"谈恋爱"的美梦。

辽阔天空,云淡风轻,一颗明亮的星星高悬苍穹闪着媚眼。一根蜡烛在窗前点亮,一周一次,一次只5分钟,一位怀春的少女秉烛微笑。

一诺千金的烛光哪,望似一朵洁白晶莹的花朵,闻似一首悦耳动听的情歌,出奇的温馨,格外的美好、浪漫。继而春风化雨,雨露滋润,幻化成少女心灵坚强的音乐,幻化成少女一脸自信的阳光,她的学习成绩奇迹般上去了。这是在她熬过几个不眠之夜,终于盼到他的回信,爽快地答应他暂时不"谈恋爱"的承诺后的事。

此后的一个金秋,女孩如愿以偿地收到大学的录取通知书,实现了他们梦寐以求的愿望。至此,一冬的希望如春天的种子般破土而出,她等待他前来和她圆"谈恋爱"的美梦。

此刻,她不能落下的记忆是两年前的一天,他在对面楼望见她家的窗口冒烟,便大喊着跑过来,撞开门进屋一看,厨房里的两个纸箱正青烟弥漫,他不顾一切提起一桶桶水浇下去。"谢谢你!"

女孩非常感动，若不是他及时发现火苗又迅速消灭隐患，我和奶奶的未来生活将不堪设想了。他诙谐地说，我要不要说"这是我应该做的"？说完，一齐大笑。这一笑，女孩就把他的音容笑貌深深地镌刻在脑海里：憨憨的，率真的，夜夜重温。对他的好感也就如闪电在云层中催生骤雨，不时在她梦境里震撼，变成为一朵火焰熊熊地燃烧。女孩常常倚窗发呆，眼睛眨也不眨地盯着对面阳台，期待他戴着拳击手套出现在那儿"张牙舞爪"。她的学习成绩就此一落千丈。

这天，她壮着胆子写信，等到没人时，塞给这搬来不久的小伙子。

他抖着手拆开信时，已猜出其中的大半内涵。

这一夜，两人都失眠了。

但熬过几个不眠之夜后，女孩还是盼到他的回信，他提出让爱情"软着陆"的话题。回信尽管写得很简单，但态度语气非常坚决，说他也很喜欢她，但要等到她考上大学后才开始和她"谈恋爱"。还要求她"好好学习，天天向上"，争取考入名牌学校，只有在很想他的夜晚，点燃一支蜡烛在窗前，一周一次，一次5分钟。

一周一次，一次只5分钟的烛光，打发走少女一个个孤寂然而有爱的日子。那天，当她兴奋地收到大学录取通知单时，才从抽屉里捧出珍藏两年的回信，眼巴巴地望着对面阳台。

他果然履约。可一同姗姗来迟的还有位同样穿着体院校服的姑娘。

"这是我女友。"他做介绍。

与梦同行

春天骤起的风暴，惊飞少女的五彩美梦，她心战栗起来，自尊心像从手中滑落的杯子，霎时掉落地上了。"我遵守诺言却被你耍弄！"盘诘从嗓子眼里跳出："你已有女朋友却要跟我谈恋爱？"语气咄咄逼人。

"请原谅。我只是想帮你燃起一支希望的蜡烛，让你勇敢、坚定地去完成一次生命的冲刺。"他伸出一双大手。

"哼！"她不愿握。

同来的女生矜持一笑说，他是个热心助人的好班长。你……

手中的信，叫女孩蓦然回首：一周一次，一次只5分钟的烛光，虽少，虽小，但像一把熊熊燃烧的火炬，刻肌刻肤、刻肌刻肤地照进她的心坎中，进而，照进了她整个儿的生命里！她猜想，那时，他知道我父母遭车祸刚刚不幸双亡吗？

泪水滴落时，她突然读懂他让爱情"软着陆"的良苦用心，一份敬重情愫油然而生。因此，她还是极欣赏地握住这一双强有力的大手。

谁也不会料到，他女朋友也把手伸过来，三个人的手紧紧地握在了一起，又异口同声地说："耶！我们都是值得信任的好朋友。"

这时，奶奶从里间走出来，瞧一眼小伙子不禁惊叫："你是那个司机的儿子？"接着又问："你爸在里面还好吗？""谢谢！他身体还硬朗。"

奶奶仍在叨叨。他俯下身对她大声说："奶奶，我已被国家拳击队选上了，过几天去报到。我是来向您老辞行的。"

奶奶祝福他，也把孙女儿考进省城名校的消息告诉他。小伙子也连声向奶奶道喜。

女孩眼泪汪汪合掌叫声："天啊，仇人的儿子竟成了情深似海的恩人！"

小伙子仿佛又看见那一周一次，一次只5分钟，在窗台点亮的烛光，顿时，惊喜异常，继而让泪水任意飘洒了。

较　真

尊重？我采访报道尊重事实也就尊重了人。张春的思路似要睡觉刚好碰到了枕头，发觉社会文明进步，人们对人性化提出了更多要求，对傲慢与自负的挑战距离越来越近——我要摆脱官司，只好认栽。

吴伯要记者赔礼道歉？谁也没想到。

此地古称佛国，满街都是圣人。佛国所有认识吴伯的人，从没见过他头上长一根发丝。个子也小不入眼。他在街边小屋卖馄饨，听说东川大地震，慈善机构在中山路募捐，立即前往，将只沉沉的袋子放在桌上说，这袋零钱具体数字我也不大清楚，就让我表达心意吧。

记者张春看见了，按下相机快门。又到吴伯店前拍照。翌日，早报刊登的照片下面写着：吴伯是个做小生意的老人，生活贫困。但得知东川大地震，立刻慷慨解囊，将做生意的钱全捐了。吴伯读完报心撂块石头，低喃，我被记者一宣传，大家会误以为我需要救济，灾民知道定会心里不安，我上法院投诉记者的不实报道。

老婆嗔怪他多事。儿子笑着拍老爸的肩，他说你贫困你就贫困啦？儿媳妇却喊，我坚决支持。

儿媳妇说，那天我去领钱，到单位才发现银行多付了，请假去还钱。银行已在结算，不是保安喊银行下班了，就是现场经理偷骂我神经病，行长说银行不差钱，还示意保安把我和我求助的警察都赶出门。我只好把钱放派出所警察那儿。

那可气又可恨的一幕就在吴伯眼前。那晚儿媳妇回家，正说行长跟他的下属都是一副不差钱的刁样，忽然有人上门来，说银行结账发现短款，把犯罪嫌疑人锁定儿媳妇。儿媳妇嘟着嘴，什么嫌疑人呐，我去还钱，你们不是都说不差钱？她带银行的去派出所的警察那儿。不料，行长拿回钱说新手操作失误，却铿锵有力地说，银行有电脑记录、客户资料，还有严密的监控系统，客户就是多拿钱也跑不了，法律还会追究刑事责任，连谢谢都没说，更别说道歉了。

那些人怪怪的。当时，我觉得我是吃错了药。儿媳妇喊。对，有些人仿佛都高你一等，傲慢又自负，丝毫不考虑别人的感受！吴伯一拍大腿立起身：他们的眼睛全长在额头上。兀地，右手往上一握成拳头：我抓住机会，跟他们较真去！就去把记者告了。

很快，记者张春接到传票。开庭前迎上来笑笑，老哥，你有地图吗？我迷失在你的眼睛里。吴伯窃笑。张春又羞又恼，日子过得不错了却谁都不满意。不理你！

吴伯在庭上从从容容提出要求：张春的报道和事实不符，请他赔礼道歉。

从来没有人对我们的报道提出异议，再说我是赞美你嘛。张春一脸奇怪，诉说委屈。

我的捐献是来自内心的召唤，跟生活是否贫困无关。吴伯不亢也不卑。

张春憋着气叽咕，一介草民懂个屁。新闻不拔高，怎行？！

法官严肃地说：吴伯是个普通小贩。这次将积蓄的零钱捐出来，跟他生活是否贫困无关。张春的报道用煽情语言和主观臆断，无端猜测他生活贫困，这是对善意捐款人的变相侮辱。

变相侮辱？张春唔了声，心想我是端那饭碗只能那样做，没感到自己有什么过错。

可吴伯抱拳在前，带歉意笑着说：我做慈善不是靠那些零钱支撑的，而是靠我心中的向善和美好的意愿。

法官义正词严：记者张春，任何以煽情语言强加于捐款人本身的善意，也是对受助人的亵渎。

是啊。什么年代了，人的心理也有受尊重的需求。旁听的纷纷议论。

我何尝没有受尊重的要求！张春虽觉得丢面子，但身在法庭只得认真考虑。那次我去豪华酒吧，服务生送来金奖白兰地，可我只想喝红酒，请求调换。哪知服务生喊，我们只卖白酒！我去见老板，回答如是。我疑惑，从来都说顾客是上帝，生意哪有这种做法？顿时，大为光火：你们不尊重顾客。

尊重？我采访报道尊重事实也就尊重了人。张春的思路似要睡觉刚好碰到了枕头，发觉社会文明进步，人们对人性化提出了更多要求，对傲慢与自负的挑战距离越来越近——我要摆脱官司，只好认栽。

不如说张春面对现实了。我只凭主观猜测吴伯生活贫困，并在报上披露，这是对善意捐款人的心理伤害，也是对受助人的亵渎。他向吴伯道歉。

吴伯高高兴兴走出法庭，说做人很简单嘛，我退休摆摊子，觉得是种幸福和乐趣。我要把馄饨做得更好吃，才有机会多做善事。因而，他的摊前充满欢笑声。

吴伯就此成名人。有胆小怕事的说，我忍很久了。吴伯极其认真地说：你就是忍了一百年也不仅仅是白忍。

你是一片海

我恍然有悟：我降服了他的心而且把那东西融入他的血液里了！我毕竟年纪大点，心里想的比看到的多，呵……长城万里今犹在，

第二辑 大 厨

不见当年秦始皇。泉城礼让巷的典故虽跟我没直接关系,但做人要有气度,尤其是雇工困难时的私企老板。

  大斗牛石雕周围排满宴席。中午的"尾牙"聚餐,是老板跟雇员决定去留的时刻。

  我留人。那么,你让他三尺有何妨!去吧。我说时,用了龙宫菜市场附近的礼让巷典故的一句诗。

  对,侄儿点头。他打着石膏的手吊在胸前,右手端着酒走过去,挤出笑脸喊,来,小周,毕竟一起工作兄弟一场,我先敬你一杯。小周却愣怔着,只管坐着狠命地抽烟,未完又点燃了一支。

  看见小周不回应,我摸摸后脑勺。这时,罗副总对我微微一笑,端着茶杯走到小周面前问个好,柔语轻声,请允许我以茶代酒敬您一杯。小周向来对她毕恭毕敬的,虽不甘愿但还是站起身。

  好咧!我双手合拢,瞬间,脑子的思路恰似锅中煮熟的元宵圆一个个浮上来……瞅准机会我凑向前,拍拍小周肩头夸奖他——干活肯卖力气,好样的!明年开展活动学学你。听老总在大场合表扬他,小周脸上大放光彩。

  侄儿顺势挨过来,为打架的事微笑着说声道歉。小周才畅怀大笑,杯里斟得满满的跟侄儿相碰,一饮而尽,又把杯子高高地举过了头。

  侄儿作为车间主任,大声说公司如家,没有北方人南方人之分,还给劳动好的都发了红包。

  我觉得机不可失,便登台给"劳动模范"颁发证书和"爱心水

与梦同行

晶杯"。此后,还站在小周身旁,往他手中的黑色杯子里注入温开水。奇迹啊,杯子渐渐幻化颜色,开始晶莹剔透,后来变得洁白无瑕,小周惊叫,哇……我!所有人的目光聚焦他身上。"遍地英雄下夕烟"的字样闪烁光芒,小周的影像果然栩栩如生呈现在杯壁上。酒席上顿然一片欢腾,小周顾盼自雄,喜形于色了。

喜滋滋看着场面上握手言欢的人们,我下巴一捋,因为懂得,我宽容。抑或,人都有不愿触碰的伤口噢!

蹙额沉吟,前天装配车间里打架的情景首先出现在眼前:

忽然人声鼎沸。侄儿一路撒落殷红一路跑进来哭叫,二叔,小周太野蛮了。打狗还得看主人!蓦时,我感到至高无上的威严受到侵犯,不觉心跳加速,他妈的北方仔敢在太岁头上动土?掼掉烟头,我气势汹汹冲入车间。

里面有些凌乱,四川的小周衬衣被谁撕成几块,鼻孔还在流血,看来……年轻人你推我搡,侄儿虽受伤,但小周不也流血?我察觉自己缺乏点什么了。

小周低下头。这回你糟了!他的老乡人多口杂。这时,我发觉小周抬起脸来,神色发呆,嘴张开撮成个"O"字。我没忘,小周是有点来历的噢!

老板肯定维护本地的,何况……我听到了风声。我哪里不知道,现在的年轻人啊,深知在岁末年初有个扼住民营企业喉咙的大问题,心里的秘密无不狡黠地写在脸上:大老板,你悠着点!

小周之前受过教养,觉得没脸面对乡亲才带些兄弟南下进了厂。

第二辑 大 厨

一年多来他活儿干得好，情况我全知道。记得当时出于用人打算，罗副总悄悄去过他家乡，那时我心中就有数，对待犯过错的孩子得循循善诱呵！再说这两天，领导层也通宵达旦地讨论水暖公司发生的类似事件。

知耻近乎勇啊！我不揭他的疤。罗副总说，也不让我找小周谈话或草率做何种处理。

年前打架的事件水波无痕了。春节也很快过去。新年伊始，看着一批批熟练工人返厂，我集团公司旗下所有的厂都如期开工，刻骨铭心的一件小事再我梦中冒泡。

那年我休学打工拿不到钱，工友却拉我进城玩。我农村仔黄黄瘦瘦，又穿得破破烂烂，人前似个小乞丐，哪有如今满面红光，精神焕发，建硕得像一尊铁塔般的身躯和气派！那时，我怎的，就觉得城里人都很有钱脑里冒出歹念。走在公园的九曲桥上，见一位神采飘逸的女子牵着永久牌坤车走过来。她包里有钱！跟她擦肩而过，我把手伸出一拉，那东西却掉入池中。啊……我的包！她一声惊呼盯住我双眼，却恳求我，您帮我捡上来好吗？我卷起裤脚跳下池竟毫不迟疑。谢谢！临走，她的笑声柔美，是我不小心，请您原谅！

姐曾为我的偶然犯错买单。后来，机缘巧合又碰到她，她成了我的良师益友，现在就在我这里当副总，那是我大学毕业多年后的事了。

不料，我从梦境跌回现实，我心中叫道。

在意气风发、斗志昂扬的大斗牛石雕前，上班没几天小周找我

139

有事。我傻眼了，你要把老乡都带走？

不。他笑笑，谢谢您教会我怎样做老板。

我恍然有悟：我降服了他的心而且把那东西融入他的血液里了！我毕竟年纪大点，心里想的比看到的多。呵……长城万里今犹在，不见当年秦始皇。泉城礼让巷的典故虽跟我没直接关系，但做人要有气度，尤其是雇工困难时的私企老板。我便含笑着说，即使你要带走老乡并做我同类产品也无妨。与其说是维护你的自由和权利，不如说，我是很欣赏你敢于拼搏的勇气，竟爽快地答应他辞职。

家属急事短信

自认为这当过高原志愿兵的，应是推崇"似水柔情何足恋，堂堂铁打是英雄"人生信条的上代人，岂会把人的感触、感动、感悟的能力看得这么重要，尤其把儿女情长、父母情深方面的东西，摆在招聘条件的首位呢？

九州大集团招聘一名有丰富经验的业务主管。十里挑一，今早我去面试。

人事经理请我们10人耐心等候，不准走出办公室，不准交谈，不准打电话或发短信。不觉间，手机响，我立即按了，其他9人也都看似平静地恭候大驾。30分钟了，董事长还在开会。孰料，我脑里妻有急事的字眼一时跳出，令我一惊。不曾有什么事吧？但我心底蕴藏着些割舍不下的东西，安慰不了自己。殊不知，天有不测风云……猝不及防，我疾步走到经理面前低语，对不起。我很珍惜这次机会，只是临时有个人原因，我放弃应试。经理揶揄我，我还是感觉心中有事，只说抱歉。如果有下次，我一定会再来。就飞快跑了。

我回家却确认家人都平安。妻说刚才董事长亲自打电话，请她发短信给我……哦，有这等事？我马上调转车头回九州集团。

恰巧，我前脚刚迈进门，董事长立刻后脚跟进了。他径直朝我走来，拍拍我肩膀，微微一笑说，谢谢！然后对其他9人宣布：我很遗憾，你们都被淘汰了。大家疑云满腹时，董事长抛出正确答案：你们刚踏进集团大门时，我就跟你们家人联系，让他们各发一条"家有急事，速回"的短信。在座的无疑都收到这个短信，但只有一人选择离开。说到这里，年事已高的董事长突然一把牢牢抓住我双手，仿佛抓住了长年失而复得的一件宝贝，非常执著，甚至有点霸道。

随后，又语重深长地对其他人说，我不敢相信，你们对自己朝夕相处的家人都无动于衷，怎会舍得付出多少为公司着想呢？其他应聘者怏怏不乐退场，我，终于成为放弃成功却成功者。

我面对与众不同的招聘结果，心底涌流一股特别的感动，只是琢磨不透其中理由。我读过专家有关公式，知道人的情商是人的情绪智力，即人类认识、控制和调节自身情感的能力，一般占

与梦同行

成功率的80%。但董事长非这方面专家啊！我搜索枯肠，自认为这当过高原志愿兵的，应是推崇"似水柔情何足恋，堂堂铁打是英雄"人生信条的上代人，岂会把人的感触、感动、感悟的能力看得这么重要，尤其把儿女情长、父母情深方面的东西，摆在招聘条件的首位呢？

一天，董事长办公室来了位客人，眼睛红红的，请董事长出面请回出家为尼的女儿。这是董事长夫人，有人提示。客人哭哭啼啼地拉开脸面，旁若无人地数说董事长：你当多年的志愿兵我们夫妻长期两地分居，我除了工作，还要带孩子，又要照顾你体弱多病的双亲，在那么长的时间里，你"卫国"我"保家"，谁都没话说。

很久才盼到你转业，可你脑袋怎样了，又要"下海"打天下，你只想把生意做大，更不把我们家人放心上了。你爸妈是在我包揽他们吃、喝、拉、撒的一切中生活着的。你女儿已大学毕业长成漂亮的大姑娘了，可你一年里关心她几次？我做你的妻，一年里头又能和你相聚几回呢？……我们见她越说越尖刻，便上前劝慰几句，董事长也轻声说，好了好了，把苦水倒出来就好啦。

客人到底是个通情达理的人，改变口吻，再三恳求董事长去请回女儿，她说我们终究只有一个女儿啊！那年的今天是女儿二十四岁的生日，她高兴地说，我已读完了书找到工作，该庆贺庆贺。那天你是亲口答应她早点回家的，然而，她等得两眼欲穿依旧见不着你人影，一直很坚强的女儿哭了，问我们：我爸从来不管不顾，不闻不问我们，他眼中还有我这女儿吗？就此她想起她从小到大，你给她与众不同的"爱"，便大失所望，放声大哭。爷爷奶奶告诉她，你爸其实是个好人，光想着公司的事，你别怪他。那我爸一生辛劳到底是为谁呢？她问。我现在就让你说说，你一生忙碌究竟是为了谁？女儿就此看破红尘，是她对自己父亲一贯的冷漠情感的伤心绝望啊！说到这里，客人又低声饮泣。

呵……如今成功未必能引起令人激动的波澜，看来人在追求它时，也要……我便对董事长说，世上没有比拥有最圣洁最美好的情感更能打动人了。您只能用真情去呼唤你女儿。

董事长沉思一下也说：近来我想，成功，或许是位令人讨厌的老师，让一心追逐它的人淡漠了应有的爱情、亲情和友情，最终失去才后悔莫及。哈哈哈，我只能向家人道歉并做出弥补……

我这才读懂董事长的另一面人生。它使他从此把爱情、亲情等看成为生命中最珍贵的礼物，才会精心设计用短信绝招，考验应聘者。

差点丢掉了幸福

最真的时光放置在李强面前：当年，我酗酒成性肝坏了，要不是妈妈，坚持天天长跑治好脂肪肝再割肝给我，我能活到今天？还

与梦同行

会有这家大建筑公司？？自从他妈妈割肝挽救独子性命以来，李强对母亲感恩戴德也言听计从，只有状告"猴子"这事瞒了她。

早晨，雾气很大。

法院开庭了。

被告和李强一般年纪，瘦小而得名"猴子"。可谓是兔子的汤跟他家扯不上关系的远房亲戚，站在被告席发抖着辩护，我很疼爱小胖，小胖也喜欢我抱抱，我……是不得已才抱走小胖的。

李强撇一下嘴，并不把"猴子"放眼里，喉底挤出话：没人雇的小木匠，感恩戴德还来不及了。又阴阳怪气地"呃哼"声，天天追着我要那点小钱，犯贱！

"猴子"因犯绑架罪被判5年有期徒刑。

李强看着哽噎难言的"猴子"，李强还拉长脸睥睨他一眼，咬牙切齿：不就是为几个小钱吗？老子就让你没好果子吃！

是后悔也是恐惧吧，"猴子"失声痛哭，情不自禁大叫，我爸是瘸子，我妈患严重心脏病，还有儿子在读书，我手头很困难，只求他先给我几百元。

李强打赢官司，脸上神采飞扬，却听旁听席传来苍老的声音：等等，我有话要说。只见位大妈迈着老腿，艰难地移向被告席，站在哭号的"猴子"面前，轻轻为他抹泪，还弯腰向他深深地鞠躬。

原告席上，李强嘴不由自主撑成个大圆，叫声不妙！便如裹着旋风来到被告席前。

孩子，我是后来才知道的。对不起啊，我向你赔罪。大妈泪流满面，

第二辑 大 厨

再徐徐地说，我检讨让他做了对不起你的事。被审判的不应只有你，他才是罪魁祸首。

李强上前拽住大妈喊：……颠三倒四的，你疯了！法庭刚判完，他绑架小胖他才是罪犯，你怎么说我是罪魁祸首？心长毛毛的片刻，脸被泼粪般发臭，长脸不觉更长了。

大妈扯开拽他的手，又向"猴子"道歉：你的老板对不起你，也对不起你的家人。我也向你家里人说声对不起。

李强见大妈又是赔罪又是道歉，压低声音，他……还有你……也让我的面子没处搁？随后发疯般嘶吼：……受刺激了。我送你上医院去！

别动！大妈又向"猴子"鞠躬，你有颗善良的心，拖着哭腔动情地说：谢谢你没伤害小胖，也没在小胖心灵留下丝毫的阴影！

被绑架的六岁小男孩的奶奶！人们怎会觉得大妈的声音特别悦耳动听呢？

这小子该听听大妈的了。嘿，再说那年如果不是他妈妈……在庭外，一位知情者的话如座大山压住李强，他倏然被颗流弹打中般，捂紧的胸口急剧起伏，似乎用尽力气支撑着，才走进驾驶室瘫坐下来。

一天，远房亲戚来看望小胖，把蹦蹦跳跳的小胖抱怀中，问得很轻巧："猴子"不就是抱小胖去玩吗，怎的就犯罪呢？

李强给客人倒茶，也给妈妈捧上点心，赔笑脸。

此刻，最真的时光放置在李强面前：当年，我酗酒成性肝坏了，要不是妈妈，坚持天天长跑治好脂肪肝再割肝给我，我能活到今天？还会有这家大建筑公司？？自从他妈妈割肝挽救独子性命以来，李

145

与梦同行

强对母亲感恩戴德也言听计从，只有状告"猴子"这事瞒了她。

妈妈听客人问话，不好意思。片刻，脸色发青，眼光会把人钉死，叫声儿子，瞒着我你是心虚吧？

最怕再遭到母亲的指责了，李强伸下舌头，对客人解释：那是"猴子"不分场合，天天追着我要那点小钱，损我脸面，我才使性子。

哦……事到如今，覆水难收了。妈妈听儿子道出小儿科般的理由，不禁深深叹口气，只得再次责骂儿子，"猴子"要的是辛苦钱，该给的！一会儿，又觉得有些话不能不说，便大声劝告：儿啊，你可别看走眼，赢面子的就往往输掉情分，最后成为孤家寡人！

李强知道的，我家"猴子"，极疼爱小胖！客人抱着孩子就往外走，接下的话音很轻……

霎时，李强的脑际噩梦再现，恐怕宝贝会失去那般，飞快地从客人手里夺过儿子，紧抱怀中，长脸竟变短，甚至有点圆了！立即补发"猴子"的半年工资开车送"猴子"的瘸腿爸爸回去，并把"猴子"的妈接回城里治病，他讷讷地说：弯腰，是为拾起……差点丢掉的幸福。

这天，"猴子"听工友说：以前发布的很多有关农民工的保护政策和措施，如今，从法律上具体落实到企业不准拖欠、克扣工资……忽报人间曾伏虎，"猴子"放声大哭，倏然觉得心里长期压着的石头落了地。

那天，法院的找"猴子"谈话。"猴子"破涕为笑说，我多次梦见的，就是这一天！

不觉间，雾散日出啦！

第二辑　大　厨

千斤顶

　　我要找一个千斤顶,不知在哪儿能找到？他觉得较适合做生意,便在茫茫商海中寻觅。

　　他的瓦罐汤没人买,每天傍晚,只能在桥头卖包包。

　　世界名牌包包,清仓甩卖,一件十元,假一赔十!

　　他一口气喊出成串的拍卖语,但顾客寥寥,只得如个无事可做的老汉,在摊前垂头丧气地走来走去。女儿要读初中,老婆要生活费用啊。为了生计,他有无穷的烦恼呢!

　　秋风乍起。他的人生片段,就像黄了的树叶,纷纷落地。半年前,刚到本田轿车4S店学习维修,师傅让他找个千斤顶,他一时找不着。不会找人借吗？师傅说你不机灵,立即赶他走人。

　　我要找一个千斤顶,不知在哪儿能找到？他觉得较适合做生意,便在茫茫商海中寻觅。

　　内弟看他微驼的背,看人时眼睛眯成一条线,就来气。终究是姐姐当年执着要嫁的人,他只好拉他一把。就在内弟的提议下,他高价租下省立医院后门正对面的店面,要专做排骨煲、猪心煲、牛腩煲等。

　　内弟拍拍他的肩,只要你会经营,就坐着收钱了。他也兴奋了一阵,住院的病人需要营养,往往会就近购买,我就是卖贵点也不

147

与梦同行

要紧嘛！这个千斤顶就要定了。

但他的操作就如大妈在跳广场舞，每个音乐都在踩点上。不如意事攥紧他的心，每天煲得很可口的瓦罐汤总是卖不完，又不舍得倒掉，没几天全酸啰。不上一个月，店就撑不住了。这事，他不敢对老婆大人说起啊，一直失意的男人，最怕在老婆面前抬不起头来么，只有暗中跺足。

那天，他磨磨蹭蹭去找内弟。天啊，好好的一个店，经营不了，我……卡在哪儿呢？内弟叽咕，你是否在经营上有问题。我看见门诊大楼前的小吃店，生意不错，去看看吧。

他"嗯嗯嗯"，发出声长叹。心里嘀咕哝，人生下来的本能，不就是如鸭鹅在水中能扑腾，开店，不就是要赚钱的吗？有什么好看的！

这夜，他不去拍卖名牌产品库存了，躺在店里的小床上，瞪着天花板发愣。就怕妻女离他远去么，他顾虑重重，突然，浑身战栗。上次，要强又爱美的妻子就是手头缺钱，竟去KTV做小姐，使他脸面扫尽！他还被内弟往死里揍一顿，骂他太无能了。"砰砰砰"的响声骤起。这分明是破脾气的老婆，来拿女儿的学费和生活费了！他手脚乱抖，无招应付。

老婆又踢又叫，要死啊。你不开门，是养小三了吧。

要说人有另一本能，就是不会让屎尿憋死么，这呆鸟，忘了吧。瘦瘦小小的人，无精打采下了床。慌忙中戴上眼镜，偷偷从后门溜出去，晕头转向走到东湖，仿佛一只大青蛙就往水里面跳。

第二辑 大 厨

只是会游泳的,没那么容易葬身水底的。人死不了,而思路煞不住车,听说溺死鬼找个替身的,就会超脱了。那我,找谁呢?

千斤顶?

他脑里只冒出个千斤顶,就神经质般爬上岸。

再说,人只要不被动地处理自己的,就不会放弃思考。他搔自己的头我就是卖那些变味的瓦罐汤,才失去一个个顾客的啊!后悔那天,一个阿婆来买牛腩罐,他把多天没卖出的那罐给她。隔天阿婆来提意见,他死不认账,反而气势汹汹骂人,说食物出门了,不知道。

天刚亮,这死魂灵拖着僵尸般的躯壳,摇摇晃晃走出门,走到门诊大楼前的小吃店前,惊愕地瞪大眼。一个老头,穿着如从几十年前的墓穴里掏出的旧衣服,在买地瓜粥。只听他嗫嚅着,刚才,那些瘦肉炖酱瓜酸酸的,下到饭里,病人连饭不敢吃了。

似一片红霞翩翩而至,从店内走出个妇女。高鼻梁大眼睛,轻启丹唇喊大哥,瘦肉酱瓜变质了,害得你的稀饭也变味,我退钱。

老汉发呆了,手捧三块钱,脸上露出满意的微笑。瓦罐汤店老板的头颅,俨然遭受一棒沉重的打击,眼里含着泪水,突然僵直在"来来小吃店"前。我一心要赚大钱,丝毫不为顾客着想,怎能做好生意呢?"啊"了声,身上的累累伤痕还疼着呢,额头密集的皱纹却舒展了。

我终于找到千斤顶喽!似乎有只鬼从身内飘然而出,他跑回店。倒掉所有变味的汤。又煲出各种各样新鲜的老汤,标价也明显降了。就此,店里的煲汤受到不少顾客的青睐,生意日渐好起来。

瓦罐汤美味飘香。老婆、女儿有空,都前来帮忙。顾客说,诚信,招徕好生意啰。

内弟来看他,也竖起大拇指喊,解决自己的出路,最棒的答案,往往在相反的方向里。

桥啊,桥

我自觉得有大专文化程度,表达得很到位,兀自窃喜:

年初那中午,我在刺桐大桥称生意失败要跳桥,被警察救下,他们给我七百元生活费;

四月底那黄昏,我爬上省会五星大酒店顶楼,试图跳下被救了,说没路费去外省做工,警察给我一千元;

……

哈哈,这些警察也不知道我的过往!我心存侥幸。

我在国庆节上午,一屁股坐在市中心大天桥上。身着黑西装内搭白衬衫,脚穿铮亮的黑皮鞋,双腿垂在桥外栏杆旁悠悠地晃。桥啊桥,你承载着人们的痛苦与欢乐……我心中还吟着诗。只是我黄黄的国字脸肯定显得冷漠无情。路人惊恐,有人报警。

一会儿,警察上桥来,被叫所长的老头边打电话边问我,你有什么想不开吗?我扭头瞥他一眼。那你需要什么帮助?我不吭声。

就在他有一搭没一搭地说话时,三辆集装箱车赶过来,一字儿摆开。桥下路人驻足，一辆辆轿车缓速，交通拥堵。

我觉察身后左右两侧，都有警察悄悄靠拢。其中一个猛扑过来，把我从栏杆上拉下，我仰面倒在另一个的双臂上。别救我。让我去死。我挣扎几下被救了。

在派出所，我把话说在前头：

我不是好吃懒做的，别误会我。我哭丧着脸。眼里没泪水，就把脑袋耷拉至膝盖上，绝望地诉说我失意的创业史。去年我办公司亏本，债主逼债，妻子和我离婚带走儿子，我到城里钱包又被偷。

小小挫折你就想见阎王？

这种窝囊货早该死。

人渣！

几个警察肆意嘲笑我。

不无真实地，我咕哝，我没钱。

人不在乎输赢的，运气总不会太差……所长却跟我侃侃而谈。我奇怪这精瘦的老头，眼睛怎的似湖水，清亮清亮的。

我不说没找到好工作心里憋屈，只说我去应聘建筑工、电脑刺绣工都不合适，被聘为酒店经理要交五千元押金，亲戚也不帮我。我自觉得有大专文化程度，表达得很到位，兀自窃喜。

年初那中午，我在刺桐大桥称生意失败要跳桥，被警察救下，他们给我七百元生活费。四月底那黄昏，我爬上省会五星大酒店顶楼，试图跳下被救了，说没路费去外省做工，警察给我一千元。

……

与梦同行

哈哈，这些警察也不知道我的过往！我心存侥幸。

这不，所长递来八张百元大钞，让我去找工做。我如愿得到钱，眉眼掩饰不住满心的欢喜。

他手下送来两盒饭菜，我也不客气了。

也许吃太饱了，"噗噗噗"，放出臭屁带出屎，我去趟洗手间，忽然听谁在说，这是"九连跳"的"失意男"！

我惊慌了，人手中有钱是为保障自由，我多次以"自杀"为幌骗钱就会被拘留……上上策，跑。

在一阵爽朗的笑声中，我没擦屁股眼就扯起裤子，如只放臭屁的黄鼠狼夹着尾巴逃了。

我往晋海镇奔走，要到服装厂继续做了。

路上，我频频回头，确认没人追上来，才放慢脚步。然而，今生今世最触动我心扉的，莫过于……忽然，我身体打个哆嗦，一扇沉重的门訇然关闭，年轻人不该活成这个样！

我要活出人样，为时不晚。

我仍在服装厂当小管理，有时也做点好事。而那晚，没做好那女孩的说服工作，我汗颜啊！痛苦，不是对无能的愤怒而是自认为缺人性哇。工友说，瞎操心，见她要跳的人很多。我不听，立马去笋江桥，找几个人都一问三不知，我往坏处想，她是被水漂走还是跳下受伤血流很多？

整夜，那位曾跟我大侃人生的老头来关照我，我被梦神缚住。那天，在派出所卫生间有个警察说，你儿子生病急需钱，可你又借钱……所长声音带着惊讶,我也是刚知道啊。唉,我爱我的儿子也爱这帅哥嘛!那声音高了,他每次都说生意失败、妻子离婚、患上艾滋病,都说要到外地做工没路费,甚至直接开口要钱。他屡次折腾,严重扰乱公共场所秩序,可按治安条款处罚的。

你别吓得尿裤子呵!

我惊觉,告别梦境慌忙下床撒泡尿,脑筋转了弯,以前我以为警察给我的钱都是公家的,这次才知道是所长向下属借的。老所长,你不容易呵!我流下泪水,再无法睡觉,起床写张纸条附上手机号。红日喷薄而出,我就去那桥头贴,希望女孩需要帮助或需要我献血什么的能联系我,工友都讥笑我傻到家了。

不安,在内心潜伏着。那天,有种磁力吸引我去献四百毫升血,感觉才好受些。年末,得知一产妇大出血要血小板,我想多次献血都合格应能帮助她,就赶到血站。

除夕,我再次爬上大天桥,发觉我来时比那天回服装厂有点进步,为自己暗中加油。

蟒 松

妈对医生说,十八少女,高中就弃学。长期不洗漱,浑身臭气冲天似死尸挺在床上。夏天,我拉她去洗澡,她又踢又咬。招娣来

与梦同行

医院治疗几天才说，我是被爸打怕的。

1. 少女

中年男人架着个神情恍惚的女孩来急诊。已是凌晨。

我从小到大最深刻的记忆就是挨打！招娣脑子跑出老家那棵"蟒松"，对医生说：多年来，村边的那棵"蟒松"，在树林里卧地七八米长的虬干，弯曲如条在地上蜿蜒行走的大蟒蛇，令我感觉好恐怖。

医生看病，招娣眼睛埋下座城关了所有灯。情况好转些，招娣说，我是到上小学才进城的，最怕爸动不动就打我，尤其害怕爸酒后教训我。记得一次吃饭，我把饭粒洒了，爸对我瞪眼，我就哭了。我还没来得及收拾，又失手丢掉筷子，爸咳嗽一声，我手中的碗掀翻地上。爸就解下皮带，如只恶狗扑来。我喊我错了，爸。妈来救我，竟被打成瘸子。从此，我就把爸和"蟒松"联系上，常掉进被蟒蛇追逐、吞噬的恶梦。让我自生自灭！我只能这样在心中喊。

招娣在病房里。眼前温和的医生、护士，让她如身处天堂。因病情重她魂不守神睡不着，还不时看见爸妈争吵，深陷在被爸拳脚相加的疼痛中。招娣说，我感觉最要命的，是妈没法救我，我才陷入绝境中啊。招娣还对护士说，有次老师教唱歌。我傻眼，哪对？人家的爸妈爱子如命，我爸却往死里打我。到底挨打是被爱还是不被爱？我不时觉得，我是爸妈从厕所捡来或是石头里蹦出来或是妈跟野汉子生的。多年来，我是风儿摸着黑，寻找遥远的灯光哇，渐渐变得不爱说话。

2. 爸妈

妈对医生说，十八少女，高中就弃学。长期不洗漱，浑身臭气冲天似死尸挺在床上。夏天，我拉她去洗澡，她又踢又咬。招娣来医院治疗几天才说，我是被爸打怕的。

不料，爸坚称教育女儿没恶意。在灯光下，医生望着这叫"钢强"的男子，铁黑的皮肤，微驼的背，像个糟老头儿，太为他心酸喽。

父亲节，爸在病房看那张人人皆知的画。老人干吗把吃剩的放袋子里？招娣也迷惑。医生说，老人连带他来吃饺子的儿子也认不得了，但还记得一件顶顶重要的事儿！医生叫钢强去外面，脸抽搐着说，你家招娣病情得到控制。但即使嫁人了，童年强烈的感受也会变成"恐怖按钮"，往往在莫明其妙中被激怒，小题大做。你不准再刺激她！

爸回病房，读"父爱如山父爱似海父爱像阳光"的音符，苦涩地在喉咙咕哝。妈嗯嗯地哭。6岁的弟叫姐，躲在妈身后对护士说，姐整天玩手机……看房顶，不吃喝……也不和我玩。爸连忙开脱责任，她偶尔大喊大叫还砸东西，去年我来咨询过。爸是怕邻居笑话吗？直到招娣三天三夜不吃喝，前天半夜才打"120"的。而女儿病情稍有好转，他就要办出院了。

医生着了急，小时你不把她当人养，长大她会做不了人。护士看不起他，做爸爸的身上都有儿女最熟悉的味道。你是香的还是臭的？医生恨爸不成爸问，不管怎样，虎毒食儿吗？为了早点出院，爸回答得蛮漂亮。

招娣收拾得干干净净了。胆怯的少女泪眼汪汪，心里骂爸把暴力当成爱来说，也剜妈一眼，拉住护士的手，不肯出院。

啊，招娣还是出院了。回家，妈对邻居说，也好，她爸醒悟招娣长大了。果然，她爸就似条恶狗被逮住，让暴行一下隐匿了。嘿嘿，他不好意思了。妈讨好招娣，也说，你爸开小店，半夜才睡早起三更，累得快趴下了，你……

招娣病愈去做工，会照顾自己还敢于直面爸了，哼，看你……再打我！

爸不来电的脾性逆转，难得一笑，那老汉痴呆，还记得把好吃的带回给儿子吃呢。招娣在一瞬，也就在这一瞬，似走出沼泽突然翘首——我爸好可怜……同时，听见爸淌泪说出那天给医生做的保证了。招娣春节回老家，奶奶的枯手抚摸她的脸叹气，你爸活得比登天还难啊。你妈有病，还有爷爷奶奶、外婆外公全指望他呢。招娣点头，去原先觉得好恐怖的"蟒松"前散步，竟发觉它不恐怖了。

招娣几年后远嫁边疆。打马直追，转身成为铿锵玫瑰开创出精彩。爸得知她婚后幸福，露出黑牙，憨笑了。医生得知，也高兴。

3. 父女

多年后爸肺痨就医，招娣脑子闪念，爸为养家糊口，身穿一直叫人看不出原色的破大衣，比乞丐还乞丐。她带儿子来照料爸，细心体贴人人夸。

拆迁死魂灵

这是我家独创的。她略停一下，见我是个实诚的人吧，喊声帅哥，你人靓嘴甜，我愿意让你分享我的亲情。

好孩子，祝你不多不少！

暮色苍茫。一对母女，在机场安检门前相拥，年近半百的母亲对女儿说。女儿回话，妈，我会想你，也同样祝你。

我的好奇写在脸上：你们的祝福语？

这是我家独创的。她略停一下，见我是个实诚的人吧，喊声帅哥，你人靓嘴甜，我愿意让你分享我的亲情。

嗨！我老大不小了，不懂得奋斗的理由和出口，正叹气，大姐送女儿进候机大厅，就找个位置，跟我分享"拆迁死魂灵"的故事：

我住泉城鲤鱼区新口。六年前，铁路东站枢纽工程拆迁启动，我们村在拆迁范围内。一天，接到通知，拆迁户每人都能获得五十六平米面积的安置资格。可天啊，巧得很，我公公在前天去世啦！如果多个人口，我家就可多分一套房哇。我丈夫奎弟说：只差一天，我家就损失一百多万！在填表时，就偷偷让他死去的老父，参与房屋拆迁安置补偿事宜。

择日，奎弟又上临村，许诺给宋哥好处。三年前宋哥的母亲去世，他父亲没再婚。宋哥把他家的户口本，他老父的身份证及照片交给奎弟。奎弟折腾几天，就办了张结婚证，我家后来就多分了一套房。

四年后，拆迁公司委托审计的，对回迁的农户资料进行审计。我们正为轻松分得四套房而洋洋得意呢！但这时，奎弟的花招大白于天下，被告上法庭。法院认定，被告人陈奎弟骗取五十六平米面积的房屋，价值五十六万元，扣除所支付的款项，诈骗数额达五十多万元。案发后，我大声哭叫：你得不偿失了！

都是贪心惹的祸。

大姐有点尴尬，奎弟入狱了，我们昨天去探监。又轻轻地说：奎弟五十多岁了，是有文化的人，以前是统计局的科长。他面如冠玉，气质高雅，让人觉得是相由心生啊。在妻女面前，他强颜欢笑着。七年前已出嫁的女儿，眼眶发红。爸，许多免费的东西，其过程与结果和它的运作模式大同小异。你看贪官，没落马前开着别人送的车，收受大把的钱，似乎都是免费的。事实上，却是被权利绑架了。

奎弟恨不能挣脱缠在他身体的毒蛇啊，嘘唏着：我以为拆迁补贴，是天上掉馅饼呢，也经不住诱惑，才找假证贩子，办张你奶奶和老宋父亲的结婚证，牟取非法所得。我也是被"免费"绑架了。

是啊。大姐备受煎熬，悲哀的情绪还在探监的场景中：奎弟"喔咦"一声，说他低劣的伎俩被识破时，就成了任人宰割的羔羊，失去人最神圣的东西了。而人吗，到这份上，才明白没什么事能比获得这东西更加美妙，也没什么事能比学会运用这东西更加困难。嗨！

大姐呷一口我递上的水，哭笑着。

失去自由？！失去自由的教训，太……太深刻了。我这容易激动的浅性子，插嘴说。况且，我人不傻，倏然蹦得老高：要是我，以后就不想免费不要免费或不愿免费了！

我头脑随着大姐说的，再现他们狱中交谈的慢镜头。

奎弟已尘满面，鬓如霜，摸摸鼻感叹：月冷星寒，噩梦连连，我变成大片竹林里，开次花就死去的一棵箭竹啦。呵，免费是最昂贵的！不是吗，天下怎会有免费的午餐呢？这次获刑，也使你们受委屈了，对不起！坐在他身旁的女儿，凄然落泪，说世上少有免费的，人最好还是遵循商业对等交换法则。

大厅外，起风了。大姐回味着过去，眺望升空的银燕，虔诚地祝福，而后和我对视，如饮杯苦酒：看似免费的午餐，最终比实际付出的更多更昂贵。"拆迁死魂灵"案发，家里退一套房，还被罚十万，奎弟又要坐七年牢，这是"想长倒短"呢！

"想长倒短"的闽南俗语，陡然叫我脊梁发冷。我又给大姐续水，佯装不懂：对待家人，应祝平安、祝健康、祝成功，可你们为什么……

遍尝人间酸甜苦辣，不多不少。刚好，是种为人处世最美的境界！我家吸取偷鸡不成反蚀把米的教训，立下规矩，就落实在祝福语中。

大姐笑笑，又妙语连珠：现在，奎弟长智慧了……

一个阶段来，机场勤务人员正在开展学雷锋活动，我这被人看做自私、颓废的90后，只感觉没劲。奎弟说施比受更多福的话，突

159

然令我眼前繁花似锦。我让有限的生命投入到无限的为人民服务中去，每天都向前疾走几步，把普通的服务工作做得像骆驼般坚韧。

年终职工大会。在鲜花、镁光灯和欢快的音乐声中，我这朵小花竟奇迹般开放。

北京啊，北京

一天，他站在云门山的巨无霸"寿"字前，尤其快乐，如在仰天山的千佛洞望天窗，一窍仰穿，天光下射，北京啊，北京，他突然唱……

他直到万不得已时回青州，还常哼《北京颂》，老是说，我想念北京，我想念拥挤的地铁和公交，我想念和北京有关的一切！

他回青州古城，仍在写歌词，很自由的职业。只觉得人整个儿在变，心情不压抑，做人宽容友爱，遇事也不挑剔了，喜欢关注最美好的事物呢。云门山的明代摩崖题刻"寿"字，是他心中的最爱，他每月都要去看几回回的。清晨，他悠悠然开着QQ车，随后漫步到"寿"字前。脑海闪过人们常说的，何须自大，人无寸高，喉咙快乐地哼哼，我就是那个不知天多高地多厚的人咧，如此美景不懂得消受，偏跑到海蛎壳上翻筋斗。他绕着山跟走走，时常流连忘返。啊，金秋满山红遍的一番景色，我敢说能跟九寨沟媲美！他伸伸手踢踢

第二辑 大　厨

腿弯弯腰，也做做深呼吸，许多美好悄然而至，心中有了浓浓诗意，文思如泉顿时汩汩直涌！智慧小精灵扑棱棱地展翅，美妙的词汇如绝句般跳跃了，信手拈来，在小本上记着。他回宽敞的家，尽情地宅，尽情地宣泄，尽情地耍，尽情地发呆。日日胸中充满温馨，不时激情澎湃，往往不费吹灰之力，便写出首感动自己又扣人心扉的歌词！业余，被压抑的爱也喷薄出来，他同时在和几个女友周旋，哪有什么罪恶感！

他在青州，撷取岁月河滩的几枚破贝壳——

5年前，北京民房局关停地下室我升至地面。租的是三环高档小区的顶层复式住宅，被隔为38个"房间"的一个隔断。哈，那是我有生以来住过的最小的房间。这层的浴室和卫生间都没门，马桶漏水。我特担心住在这低矮、狭小的地方，要是火灾怎么办？他回青州，咬下嘴唇对人谈在京的窘况。

他回青州舒适的家，也调侃自己，在北京算如意吧，当时月租800元的隔断还有个报纸大的窗能望出去，我夜夜陪伴着对面"香格里拉"大酒店通宵闪烁的霓虹灯。一次，朋友在颐寿山庄聚会，他用纸巾印印双唇，嘻笑着说，每晚排队到11点才洗个澡，还能维持我起码的体面，我就不会抹掉对这个最有魅力的城市的追求，从没想打破窗户飞往月球啰！我唯觉得，最幸福的是每天穿越小公园，我灼灼的目光看见，早起锻炼生机勃勃的姑娘，那光滑、红润的脸庞，和随着运动节拍似兔子扑扑乱跳的胸脯，会产生诸多美好的向往哩！

嗯……偶在一晚，我发现小桥下有张床躺个幼童，一对男女在附近

与梦同行

擦洗出租车。孩子不冷吗？走上天桥,寒风吹透我的大衣,刺骨寒呢!回租房,我还安慰自己至少有个睡觉的地方。他姆姆头发,接下道破更严酷的现实：

我在那儿租几年,没人跟我说过话。那天,我大为惊奇,大房东也住在这里,还是全家住间没窗的!顿时,我的脑袋被踹了,为了多赚钱,房东把有窗的都让出去了。瞬间,阴霾笼罩,我们都是穷人!立马从天堂坠落地狱了。

可是,他还执意留在北京,脑子不至于是被驴踢了吧?!同学怀疑。好友说,他唯独欣赏这句话,满街都是六便士,却抬头看见月亮!他咬紧牙关,我仍租3平方米的隔断,天天去公司上班,满腔热忱地感受所谓北京的文化氛围。只是哼的歌改了词,北京啊,北京,我在这里活着,我在这里追求,我在这里祈祷,我在这里哭泣。我走在街上心不再平静,我听到了自己蚀骨般的心跳。

他后来怎会离京,同学窃窃私语,当中医的同学微扬嘴角,看他的手吧,拇指指甲有横纹,说明他患过重症或受过大刺激,才不得不离京的。

我离京才两年,《彼时此刻》专辑就首发了。他的"巡回演唱会"开始时,他欢呼,我再不是北漂生活拮据、长期压抑、焦虑、失眠的人,我成功啦!最近找他干活的踩破门槛。他说,或许,我的成功和智商有关,智商又和缺钱有关,不过,似乎还有种超然成就了我。有点迷惑不解。

冯大鹏瘦高个,白白的国字脸,两条剑眉表现出执著。他在夜深人静出题考自己，在北京，我为什么能低不能高，在青州却能高不能低呢？

一天，他站在云门山的巨无霸"寿"字前，尤其快乐，如在仰天山的千佛洞望天窗，一窍仰穿，天光下射，北京啊，北京，他突然唱，那是我住的偶园古宅屋顶很高，我心态更自由、更开放啦。

闪婚

届时人们在网上读个男子的帖，说年轻被妻子的"美貌"骗了，伤心欲绝，抱憾终身，发誓要成为真正的男人。他在软件园当经理，拼尽全力，出类拔萃，成了公司高管，现有车有房，年薪百万。只是未知这人是不是朗朗。

房里的钟表在走，回到原点可回不到婚前。朗朗和玉梅相识不久，结婚也不到2周。

朗朗懊丧也委屈，这几天，手捧喜欢的武侠书看不下去，对玉梅冷淡极了。玉梅的思绪在空中飘啊飘。朗朗不管她。下班，玉梅做家务，戴耳机听歌，朗朗在沙发发微信给好友东东，人不错，不过长相是叫你不敢看第二眼的那种。我几次起床看见她似吃了苍蝇，她皮肤黑，脸布满雀斑，腰都是赘肉，睫毛是假的，最让我狂吐血的是弄了胸贴。大男人走进卫生间，把痛苦凝成泪珠落在腮帮，连

与梦同行

连叹气,我只想娶个漂亮老婆,没想到被下了套。

苦啊,两人心贴不到一块的日子。那晚朗朗在梦中捅破天窗,你,丑死了!玉梅深夜泪流。隔日,朗朗看玉梅欢天喜干家务,仍不理她。玉梅大叫,拿出酱油瓶,请他拧开盖。朗朗没办法,只得帮忙。后又来气,上班、睡觉之外就狂玩游戏。玉梅不唠叨不干扰不哭闹,摆上笔记本刷淘宝。短信嘀几声,朗朗看手机,愣怔了,乖乖下线。苦日子熬到星期天上午,玉梅唤醒朗朗让他帮忙晾被套。朗朗前晚偷看她的照片了,心里断定,如果早看到,就是打死也不会娶她的。越想越不痛快,嘀咕,昨晚,我和她亲热的欲望都没有了。他勉强帮忙玉梅晾完被套,发微信给东东,好想离婚!要不,我就死掉。吃中饭,朗朗鼓起勇气提出分手。玉梅沉默半天问,我能说句话吗?说。玉梅涨红脸,我会编程,把自己……变成童话里,你爱的……天使!朗朗碰一鼻子灰。

更叫朗朗尴尬的是下午,玉梅又在听歌。朗朗的爸妈来做客,急着传宗接代呢。爸知道朗朗要离婚,哭着脸说我不知道怎样跟亲戚讲,春节前你急着要结婚,我们极力反对。朗儿,当时你巧舌如簧,今天突然提离婚,要气死我们吗?爸妈谈起他们先结婚后恋爱的经历:人生最好的状态,是两个不爱的男女,被撮合还过下去。毕竟,相爱最难。妈妈甚至以死相逼。朗朗这才发觉错误竟在自己,谁叫我只看玉梅的表面,谁让我太轻率?他无力反驳爸妈的问责,更不敢面对无辜的玉梅,张大了嘴却没声息。

但耿直的人最不能骗的是内心。

第二辑 大 厨

朗朗追美心意难抚,发几天狂不回家,回家就踢椅、摔东西发泄怒气。妇女节,朗朗跟哥们喝酒,吐了又吐。东东劝他,多少爱情都结束于了解,不然,怎说婚姻是爱情的坟墓。东东打电话把情况告诉玉梅。玉梅说,我没漂亮的脸蛋做护身符,可内心丰盈,知性理性。她的谈吐不乏坦诚,其实我在认识他的瞬间,已掌心在握。东东了解,玉梅在乎把生命的小时光做大,要酿出坛美酒,让生活芬芳扑鼻。

那夜,朗朗回来很迟,不想睡觉上网浏览,微博的一朵花绽放得很有力,直指朗朗的心——女神,是不管时间过了多久生活走了多远自己多么成功,如果得不到,你这辈子就始终不甘心的那个人。张无忌最爱周芷若,杨过最爱郭芙……但……现实版,现实版呢?这时,朗朗关掉电脑,捧起武侠书翻了又翻,几乎翻遍了家里所有武侠书的有关章节,觉得金庸大师的小说最开悟人生。顿时,一滴清泪如泉水漫过心的荒芜。他自认倒霉。上床磕睡,已闻雄鸡啼鸣了。

云卷云舒,一眼20年,他们的儿子读大学了。朗朗看见儿子也高高瘦瘦,斯斯文文,耿直善良,对玉梅会心一笑,我也是义无反顾地把身体扎进……扎进最长、最尖的刺的那只荆棘鸟吗?玉梅说,我心中念念不忘,你眼似灰,我仍热如火。你不过来,我就过去呗。朗朗望着玉梅如今丰满白润的身段微笑着,懂得婚姻能改变男人,也改变了壁花一样的女人。而且知道,敢爱会爱的女人是一朵美丽的花,已成为男人的信仰!玉梅早不听王菲"不怪那吻痕还没积累成茧,拥抱着冬眠也没能羽化再成仙"的歌了。家里空气弥漫美酒的香醇，朗朗早把巨创深痛抛在脑后。

届时人们在网上读个男子的帖，说年轻时被妻子的"美貌"骗了，伤心欲绝，抱憾终身，发誓要成为真正的男人。他在软件园当经理，拼尽全力，出类拔萃，成了公司高管，现有车有房，年薪百万。只是未知这人是不是朗朗。

人啊，人

"无论是父母，还是妻儿，我都爱他们至深。"大梦初醒，他摸摸心窝，觉得舒坦了，叫道："儿子，希望寄托在你们身上。我们不怕地震了！"

那年发生余震，晓轩带着长大了的儿子，抢先救出高寿的爸妈，已是一副从容不迫的样子。令人激动的——他长年如鲠在喉的感觉，顿时跑得无影无踪了。

那次，地震突如其来，楼房剧烈摇晃。说起地震时发生的事，晓轩如鲠在喉。

清晨，晓轩在一楼。年迈的父母在离他十余米的厨房做早饭。7岁的儿子在二楼睡觉。晓轩冲上楼，将惊恐坐起的儿子抱起，回头往屋外跑。下楼时，他看见父母已被屋顶拦水墙坠落的砖块砸倒在地，老父身边有滩血迹。他将儿子抱至楼外空旷地慌忙折回，先后将腿被砸伤的老父和昏过去的母亲抱离危险之地，立即送医院。

第二辑　大　厨

不是夸张，年近不惑的晓轩一表人才，气宇轩昂，叫人看了挺顺眼。一天一夜，他独自在医院护理老人，端屎端尿，嘘寒问暖，天亮才趁着弟弟照看的间隙跑回家，在空地上搭棚安顿妻儿，此后又赶回医院。医生、护士温煦的目光不时看着他那英俊的面庞。

可从入院那时起，妈妈总是背对着他。

晓轩是个好儿子，唯恐父母心里不好受也为表达自己的赤诚之心，那晚把话挑明，妈，那时最危险的是我儿子！感情便如开闸的水奔流而出："爸妈，我也很想先救你们。但当时只有我儿子在二楼，说实话我想如果房子被震垮，他就可能被砸死。"

妈妈微微张开眼。旁边的老汉也没说话。晓轩安排吃饭、搀扶老人解手时，话也说不到一块去。他们狠心让儿子尴尬地站在过道上，令他惊慌失措。

晓轩感知父母心里不舒服，心想，要解开老人心里的疙瘩现在是最为关键的时刻，便请来心理医生。

妈妈流泪对医生说，我正在煮早饭。地震了，儿子往楼上跑先去救他的儿子，我只得搀扶老公一块逃生。我70多岁，老公80岁，哪里跑得动啊，刚出门就有重物砸在身上，我头"嗡"的一声，就失去知觉。

晓轩看着妈妈微驼的背，如看见座大山隔开两代人间的浓浓亲情，他明白，妈妈在生气，还有责怪的意思。当着大家的面他几次解释，希望自己对紧急情况的处理方式，能得到父母及兄弟的认可和谅解，但都不如意，他不禁摸摸喉咙那个结。

与梦同行

夜，死寂。他呆呆地坐在家门外，任凭露水打湿了衣裳。

晓轩精神被折磨得筋疲力尽时，躺在床上，只觉得自己正在穿越条长廊，两边漆黑又没有尽头。

"要是没碰上地震那有多好！"他翻来覆去往这上头想，委屈，失落，暴躁，后悔，愧疚，诸多情绪搅扰得他梦寐不安。

晓轩歔欷醒来，泪痕犹挂在眼角。他觉得太阳穴发胀，全身异常沉重。夜里的梦全忘了，只剩下眩晕的感觉。"唉，做人怎么这么难！"不由得深深叹息。

大难题如只凶恶的毒蛇纠缠得他几乎发疯，从那晚起他落下了病根，长期浑身不适夜不能寐，连出外打工都不行了。颜色憔悴，形容枯槁的身体整日拖着个游魂，在村里东游西荡。

儿子毕竟是父母的心头肉。一天，妈妈请来的心理医生，一遍又一遍地开导他："在危急的情况下，无论你怎样选择都合情合理。"

老妈妈抖动着嘴唇念叨，你大哥和弟弟那时都不在家，是你救了我们。逢人便说："我们不怪儿子了，他先救孙子应该。"

晓轩这才想起，在医院时二老虽不理他，但妈妈私下让护士安置个简易床给他过夜。回味妈妈的关爱之情，他心里舒服点了。同时也按医嘱开始服药。只是，心里纠缠不清的大难题根深蒂固，他始终郁郁不乐。

日子悠长。

多年后的一天，读初中的儿子手里拿了本书叫爸，不要再为那事纠结了，你看。那是个小伙子向可爱的姑娘求婚，姑娘定要他先回答，在他妈妈跟她同时落水时，他是先救妈还是先救她的大难题。晓轩记得当年在热恋时，女友也出过这道题。有人插嘴，现在的法律规定，遇到危险两难时，救女友也要救妈妈，否则，受法律处理。

"咦……"晓轩根本没听进去。倒是一看那段文字，顿时喷饭——那是书中小伙子很轻巧，对姑娘说："我先教会你游泳，遇到危险时我们一起救我妈！"

"无论是父母，还是妻儿，我都爱他们至深。"大梦初醒，他摸摸心窝，觉得舒坦了，叫道："儿子，希望寄托在你们身上。我们不怕地震了！"那年发生余震，晓轩带着长大了的儿子，抢先救出高寿的爸妈，已是一副从容不迫的样子。令人激动的——他长年如鲠在喉的感觉，顿时跑得无影无踪了。

错　位

半天，姐夫才嗫嚅着列举诸多乱象，用手指挠头发，微闭双眼：我想这世界肯定是哪儿出毛病，很多人才都乱了套！晓晓觉得也是。

姐夫雇人把姐做掉了。听说是在二十年前。这不啻是声惊雷，还叫晓晓穿心掠肺般生疼。可如何想，她都不信姐夫会那么狠，他早年在部队当过干部，受党的教育多年呢。

与梦同行

晓晓格外认真地观察起姐夫来了。夜幕下，晓晓陪着郁闷的姐夫散步，来到十字路口。一辆轿车要闯红灯，有辆婴儿车挡在头里。车上的人竭斯底里喊让开，那女人脖子一扭把眼瞪。岂料，有人冲下来推开婴儿车，又扯起婴儿往地上掼……好狠啊！晓晓惊呆了，仍不忘瞧姐夫一眼……半天，姐夫才嗫嚅着列举诸多乱象，用手指挠头发，微闭双眼：我想这世界肯定是哪儿出毛病，很多人才都乱了套！晓晓觉得也是。

同在一个屋檐下生活了二十年，晓晓觉得姐夫不是狠心的人。回到家，便问起当年姐"人间蒸发"的事，但姐夫只会两眼瞪着天花板……后来低着头。半夜，就不见人了。

这几天，他都躲到哪儿去？晓晓慌了。就此想起那年姐"人间蒸发"，凑巧自己丈夫游泳溺死，便按照爸妈意思，为照顾姐的孩子住进姐夫家。日久生情，就和姐夫在一起了。如今，还自以为和姐夫是蛮情投意合的一对呢。

只是弄不清那事，又碰到姐夫闷声不响走人，晓晓想逃避现实，看见有些人去境外旅游，这天也去办护照。民警发现她有两个户籍，更令人费解的是，要删掉一个她却不乐意。经过教育才支支吾吾：我姐……"人间蒸发"后，我用她……信息加我……照片，补办……民警就此删除晓晓的错误信息，并对她伪造证件等行为给予严厉的处罚。

至此，妹晓晓就不再是姐晓晞了。我冒名顶替姐的事被揭穿了，就回老家吧。那晚，晓晓收拾行李拉开姐夫书房的一个橱柜，啊！

一股她也很喜欢的那个时代浓郁的生活气息迎面扑来。许多毛泽东像章摆得整整齐齐。抓住她眼球的，是一组天津的好朋友泥人张的彩塑，有个老汉撑着有点倾斜和褪色的红旗。旁边那已不年轻的人双手抚摸低垂的旗角，眼里饱含泪水。晓晓大叫一声：姐夫长期郁郁寡欢嘛，这就是写照！

突然，长她十岁的姐夫从哪儿钻了出来，伸手摸摸彩塑，把早年过不惑仍风姿绰约的晓晓搂在怀里，情绪激昂，语无伦次：今年嘛，老婆……老婆叫人大开眼界呵！就像个老顽童扭起秧歌舞，口中嚷嚷，你知道吗？这几天我走了好多好多地方，我怎么看都怎么的不一样呢！那夜，他在梦里"哈哈哈"笑。

一天上午，姐夫穿戴好，拍拍胸脯说，我也别忘入党的初衷，要做个守法的公民，终于直面过去抖出了谜底：那年，有个风流成性的"衙内"看上你姐竟要我让妻。更令人发指的是那"衙内"得了手还扬言要把我做掉。男子汉的奇耻大辱呵！我在特种部队练就一身好功夫，"下海"经商也有实力，便铆足劲儿跟他对着干，好让他张开狗眼瞧瞧到底是谁狠，后来还雇人把他干掉了。你姐发现了像有话要说……夜长梦多啊。再说，我也是错以为世道乱乱的，居然也无法无天，一不做二不休，才把你姐骗出去也让人把她做掉，对外说她"人间蒸发"了。

晓晓潮湿的眼里，姐小巧的身影在阳光下衣袂飘飘，泪珠不停地掉。晓晓嘤嘤哭泣，指着姐夫的鼻子骂：你也跟人比狠！

姐夫瞥见晓晓的眼里喷出火焰，想到自己咎由自取，鼻头发酸，

与梦同行

心头大恸,摇摇"呼哧"喘气的晓晓,倏然问:老婆你信不?信仰就像庄稼,人的心田没种上它会杂草丛生,以至造成思想混乱,什么坏事干不出来?呐,我才会犯罪!连眼都没眨一下,就迈开正步向公安局走去,立即被拘留。

事后,晓晓听说杀人案超"追诉时效"的,刑法有不起诉规定,忽然瞧见泥人张彩塑的人物造型、颜色全变了,什么时候已端端正正地摆在大厅上——

是个年轻男子,高擎着鲜艳的五星红旗昂首阔步地前进。一位像姐夫那样宽肩膀,粗胳膊,身量魁梧的中年男人,守护着迎风招展的红旗,歪着头眯着眼无限陶醉,嘴里似乎在吟诵:中国,前进!我是你信念的哨兵。

我不再错位了!晓晓也要跟我补办结婚登记。姐夫在拘留所心已够坦然:中秋夜,但愿人长久,千里共婵娟。

夸

爸爸追上来,儿子你误会了。你们不在家,你妈也夸宝宝。

他不信。

爸爸着急,这世界上哪有奶奶不疼爱孙子的?你妈不过是想让你也来句夸奖。

夸奖妈?

第二辑　大　厨

他诧异，这……这太出人意料了！

他长相俊美，说话也蛮漂亮的，常说自己是最孝敬爸妈的。妈妈也挺爱他，听说他媳妇生儿子，老夫妻就卷着铺盖来了。

不久，他萌生疑窦，在夸奖两岁的儿子时，妈总是不合拍。儿子给他送上拖鞋，他抱儿子直夸，宝宝，真乖！妈妈有点不乐，有什么可夸的，邻居小舒，都会帮他爸端茶水了！儿子会辨别6与9，他夸他最棒时，妈妈冷冷地说，附近小区的莉莉，会数到100了。他不高兴的话只得咽在喉底，妈你偶尔说说无妨，而你越说越多，甚至唱反调。他媳妇就生气了，这不是灭自己孙子的威风吗？

他仍然连连夸儿子。儿子会背诗了，他夸；儿子帮奶奶择菜，媳妇也夸。儿子刚睡醒的那顿饭最不好喂了。喂饭时在怀里挣扎，我自己吃。我自己吃！他又趁机夸儿子一番。妈妈脱下围裙一甩，踢开身边小凳，牙齿咬得"咯咯"响，宝宝真棒宝宝真聪明宝宝真懂事。如果没有我为你们操劳，哼！

这是你妈？媳妇厌烦。

他狠狠瞪着妈妈，像按下打火机，"啪嚓"一声把火点，你还是他奶奶呢，不说他一句好！片刻，如小时的任性，把手往外一指，看不惯你的孙子，你明天回老家去。抱起儿子走开。

妈妈去收拾行李，唠叨，你买房，我们掏出所有的积蓄；你们生儿子，我们卖掉旧房来这里。你赶我们走？老泪直淌。突然，目瞪口呆，我……也不知道怎会……

173

与梦同行

爸爸追上来，儿子你误会了。你们不在家，你妈也夸宝宝。

他不信。

爸爸着急，这世界上哪有奶奶不疼爱孙子的？你妈不过是想让你也来句夸奖。

夸奖妈？

他诧异，这……这太出人意料了！

是啊，自从你们有了宝宝，每天都围着宝宝转，对帮你们做家务带孩子的妈妈，连看一眼也不。她也想得到你们的关注，让你们陪她说说话呵！

他恍然，我是有了儿子忘了娘喽。一时喘不过气来说不出话也哭不出声。放下儿子立马走过去，拉住妈妈的手，缓口气道歉，妈你住下来。我巴不得好好孝敬你们呢！边说边用手轻轻地抚摸妈妈的老脸，一遍遍。

他似乎触摸了妈妈心灵最柔软的地方，妈妈抹泪说，如鱼和水不可分离，我们是血肉相连的亲人么，我也舍不得走！

冷风习习。小别墅里的一池荷花，涟漪阵阵。

夜里，他们躺在床上，媳妇有点惭愧，我们忙着学习、工作，疲于买房、买车，更焦躁会来不及爱儿子，于是，把儿子宝贝宝贝地挂在嘴上。

是啊，我们不顾垂垂老的爸妈，眼巴巴的，想听句嘘寒问暖。我是不孝子呢。

他的眼睛一下擦亮了，媳妇也称是，妈包揽一切家务，六十多岁的人，要带孙子还要买菜、做饭、洗地板。清晨，他对媳妇述梦，无法逃避的过往，让我心中涌动的感恩之情似奔腾的大河啊。妈来家里，也尤其卖力。儿子，只是做了他轻易做得到的，我们便夸个不停。他愧疚，愧疚地提起平日身边的许多怪事儿，妻子也说有些事情不正常：如今，哪家儿女有点小毛病，爷爷奶奶、爸爸妈妈倾家出动，带孩子去医院；而老爷爷老奶奶有恙只有悄悄地坐着公交车去，往往要做某个重要检查时，医生还要让老人去喊儿女来签字。他呼唤，孝敬，是隐藏在生活细节里面的么，我们忽略了。

他们开始蓄意地夸妈妈了。

给儿子喂饭时，媳妇笑着，宝宝，来，奶奶做的菜好吃又营养。妈妈拖地板，他过去帮忙，嘴里赞美，妈把家收拾得真干净。媳妇的溢美之词，飘洒香气，熏得旁人流口水，妈，邻里几个奶奶，说您带孙儿挺上心，谢谢您！夸奖如一棵树上的绿叶，不光为爸妈提供荫蔽，还使家这棵树根深叶又茂。是哪天，他忽然发觉妈妈变了，整天乐呵呵地？一次，他骂又哭又闹的儿子，妈妈过来"护短"，他还小呢。抱着孙儿，心肝宝贝地哄。

儿童节，全家人去游乐园玩。妈妈说，从小得到父母肯定的孩子，长大更有出息，不过，不要事无巨细乱夸。他心中暖流穿过，热泪奔流，妈妈就是这样培养我成才的喔！

这长相俊美，年富力强的大经理，不再笼统地夸儿子了。哇，会帮奶奶扫地了，乖。晚饭后，全家人听完孩子唱歌，媳妇给个响吻。

聚 会

　　王军打电话给三个姐姐。爸妈全部的儿孙都先后来到。此刻，王军忽然眨眨眼睛说：姐，姐夫，土匪都敬畏我们祖先畏惧神明想做好人，我们做儿女的更要尽孝心了！

　　母亲节是周末。四个三口之家凑巧都回来团聚，父亲也凑巧，从哪儿找出一篇写太爷爷革命斗争历史的篇章，给大家讲故事：

　　那是1949年9月，身为地下党的太爷爷绘好一份"城防图"，那图纸精确地描绘这座城市每个工事的位置，每个碉堡的高度以及每个沟壕的深度，很有使用价值。太爷爷把他爷爷、奶奶的遗像放大分别装入两个像框，然后将"城防图"拍成微缩照片，技术处理后附在照片背面就出发了。

　　经过最难的城门关卡时，太爷爷声称遗像是要送到乡下作为祭祀用的，就此通过严格检查。一路上过五关斩六将，都畅通无阻。只是那天，他进入两不管地带松一口气时，突然从树林里冒出俩土匪，把所有东西都抢走了。

　　太爷爷手中的东西被抢夺，人懵了，快到解放区了啊，大不应该！着急地喊：兄弟，钱和东西都给你们，只是我们祭祀用的两张祖宗遗像留下吧。

太爷爷当时猜测,土匪嘛,或许是由于对先人的敬畏,或许是怕拿死人遗像沾上秽气,或许是害怕头上三尺有神明吧,一听说抢的东西有别人祖宗的遗像,顿时,像抓到块烫山芋,其中一个连忙找出来,轻轻放地上,然后,拔腿就跑。可一会儿又停下脚步回转身,朝两张遗像恭恭敬敬地鞠躬,才慌慌张张地逃窜了。

好险呢！太爷爷庆幸,急忙捡起祖先遗像,飞快地向解放区奔跑。

几天后,攻城战役打响,部队只用一天时间就夺取城池。太爷爷带"城防图"闯关立大功。

老四王军聪明过人,听完故事,笔直的鼻梁上大大的眼珠转了转说:爸,要说太爷爷的"城防图"功不可没,地下党和解放军功劳也最大,但也别低估宗教信仰的力量噢！

母亲微笑着说,宗教信仰,大都是教你要爱人有孝道的。笑吟吟的父亲半天不吭声,许久、许久才慢慢地吐出一句话:孩子啊……每个人的心中固有不少潜在的恐惧和有所敬畏……才使人不敢胡作非为！

下周末,王军很早就赶到父母家,踟蹰一会儿,就向父母汇报工作,蛮有兴趣地讲些新闻,儿媳动手为老人打扫房间,孙女儿蹦蹦跳跳地唱歌、跳舞,使老俩口笑口大开。王军若有所悟:爸,妈,我明白了,宗教信仰么,宗教信仰是上帝点燃在人们心中的一盏明灯！儿媳也说,我们会常来看望二老,你们就别客气了。

哇哇哇！儿子儿媳的话,就像酷热的中午霎时吹进的一缕清风,让人感觉慵懒又舒服,母亲脸盘盛开成一朵美丽的太阳花。昨夜梦乡,

与梦同行

积淀的往事，绵长的忧愁，如烟渐渐被吹散。要说嘛，老俩口退休金有七千元。每天参加晨练又到老年大学学烹饪及园艺，还参加南音演唱，生活内容比别人丰富，但总感到孤独和寂寞。

女儿啊，我每天想你们好几回！那天，母亲打电话拖着哭腔，父亲也在旁边喊，儿呵，我想你们，想得直想哭。

老俩口思虑多多。以前，儿女们总是在周末来看望我们，可最近打电话让他们回家团聚，却都说有事。老俩口想得快疯了，做出不可思议的举动，每月拿出四千元"雇"他们回家。一个人来付六十二点五元。每月四周8天休假，三口之家一次不落地带孩子，回家看望老人8次，可收入一千元。老俩口觉得这样分配，很均衡。

关键是换来儿女们常回家团聚啊！

老俩口说。他们的"雇佣"制度实施后，还真管用，儿女们回家团聚的脚步勤了。

而且眼前，昨夜梦里的祈求已变成现实。母亲听儿媳讲不要"雇佣"的钱后，仍念叨着，宝贝儿，我们剩下的钱先给你们也好嘛。

然而，王军决然了，我们都是在父母臂弯里长大的，哪能呢！

王军打电话给三个姐姐。爸妈所有的儿孙都先后来到。此刻，王军忽然眨眨眼睛说：姐，姐夫，土匪都敬畏我们祖先畏惧神明想做好人，我们做儿女的更要尽孝心了！

母亲深埋心间的话，如开闸的洪水倾泻而出：好孩子们，人生固然聚少离多，不是现在更待何时？

以后的周末，大家都回家团聚。从此，也没有谁再拿爸妈"雇佣"的钱了。

——周末聚会。

邻居纷纷仿效他们。小区人来客往似过节。

几天后，王军一家还搬来跟爸妈同住，他女儿说，我就想天天听爷爷讲"城防图的故事"。

吕后之玺

三十七年后，省城举行表彰大会，国民捐献"吕后之玺"的事迹首次受到表彰，很激动，在台上笑声朗朗，我虽过得不算好，但我从来没为捐出无价之宝后悔过。

珍贵文物？国民和他爸对瞅一眼。

他爸让国民等一下，拘谨地走进办公室。

一会儿，馆长送客时说，你们等候消息吧，我们还要论证。国民发觉他爸屏住呼吸，刚听完话眼里的亮光立即灭了。

父子俩把印章交给博物馆了。十三岁的国民个小，很瘦，穿着蓝色旧衣裤，走路轻飘飘的。他舔舔嘴唇，没说二话。他爸接过馆长递给的路费，就带他回家了。

与梦同行

路上国民问爸,你刚才跟他说什么?他爸脸红红的在喉底咕哝,国民由此不高兴,还是教导主任呢?常说每个公民都要保护、珍惜我们的文化遗产,今天却……便生了气,爸,你让我丢脸!

三十七年后,省城举行表彰大会,国民捐献"吕后之玺"的事迹首次受到表彰,很激动,在台上笑声郎朗,我虽过得不算好,但我从来没为捐出无价之宝后悔过。

如今的国民,高个,国字脸,眼睛亮亮的,是市一中的校长。由于他平日很注意规范自己,一言一行都成了师生的标杆,学生们都为有这样的好校长感到骄傲。

会上,记忆之手悄然打开了发黄的日历:

一天放学,国民在水渠边捡到一枚发光的白色小石头,他爸说这枚印章可能是文物。隔日,请了假就带着他去省城。

候车时,他舅狂奔过来,奚落他爸,吃的是粗茶淡饭,穿的也是缝缝补补的,脑子却一根筋想着国家。别傻,把东西给我!

……他爸脸色发白,眼睛在转,手却不听使唤。

我一生掘墓几百起得不到件珍贵的,你轻松捡了个啥却要去交,天大的笑话。舅嘲讽他爸。

他爸小声说个事,舅立马抓住他的手,跟我合伙一下,这辈子你还会缺什么?还人家十八元钱不过是芝麻小事。国民听不懂他们在说什么。

车来了,他爸推开舅。他们坐车去省城找到博物馆,馆长擦拭小石头面带喜色,更惊讶底座雕刻着"皇后之玺"四个篆体字,猜测这是一枚艺术价值极高的印章。

国民收起三十七年前的那段回忆，听见表彰会上，馆长介绍"吕后之玺"的螭虎造型之生动，玺文之规整大气，雕琢技法之娴熟，都是罕见的，是省碑林博物馆的镇馆之宝。馆长又一迭连声地夸奖国民，保护大遗址，弘扬汉文化，我们表彰像国民这样的人。……而且，当时他只是个十三岁的小屁孩呢，却像这块质地上好的和田羊脂玉哟耐得住精雕细琢，不仅尤其珍贵，而且表现出规整和大气！

开完会回家，他爸嘘唏一阵问，你记得，那时我向馆长要点补偿，你一路上不理我的事吗？

当然记得，那天早晨，我饭都顾不上吃，在省城也没吃几口，肚子饿得咕咕叫。那晚，我还梦见毛主席，从此"好好学习，天天向上"，上中学、考师范，一路高歌猛进……从冥思中回到现实，国民追根究底：爸，你那时干嘛要点补偿？

退休老教师浑身颤抖。那时你才七个月大，得胸膜炎去医院治疗。经过医生、护士热心救治和精心看护，半个月就痊愈了。但说来很尴尬，那时要付三十三元的医疗费着实让我发愁。向亲友都借了还差十八元交不上。噫！确实没钱付清，我抱着你就在漆黑的夜晚逃回家。

他爸汪着眼又说，看你日渐长大，我更感激那些医务人员，但我工资薄养家困难，这笔钱就拖欠着。是该说明白的时候了。他爸勇敢地抬起头，当年得知我们捐献的是珍贵文物，我迫切要点补偿，了却压在我心头多年的愿望嘛。随后，又道出如今要还钱的难处，

与梦同行

后来我们经济好点了，但觉得报那么大的恩情，只还十八元哪行！今天，就让儿子你做主吧。

一文钱难倒英雄汉。国民方知这件事，终于理解他爸埋藏心底半个世纪的苦衷，责怪爸，你怎不早说？不觉喉咙发紧。国民想，首先，滴水之恩，应当涌泉相报哇！再说，我身为人民教师必须给学生做表率。他从抽屉掏出一叠钱，往另一手掌上敲敲，当年十八元相当于现在的月工资数，乘以十倍就还三万元吧。翌日，他走进市医院院长的办公室。

国民捐献"吕后之玺"的事没完。一天，学校来个京都大官，市里的某秘书把国民拉一旁说，国民啊这年头，撑死胆大的饿死胆小的，"吕后之玺"价值连城，可你那时为何送博物馆？

国民大笑，我还有最好的啊？如果有，早就都送博物馆了。他望着肥头肥脑的大官睽睽转的小眼睛，想到某高官为送女儿去国外读书肆意泄露国家机密的事，顿时像看见个"二鬼子"的狰狞面目，对准那人狠狠地"呸"声，不假思索地回答：我可以穷，但"吕后之玺"是国宝定要送博物馆收藏，就像欠钱必还那样……

那人似乎听不明白，然而国民觉得，国家博物馆里琳琅满目的世界级国宝及有关的100个故事，都和国民的人文素养紧密相关。他的喊声振聋发聩：中国洋洋五千年文化之所以无比灿烂辉煌，答案就在我们心里！

第二辑　大　厨

老兵不会死去

一次，敌机炸断铁路，火车急刹车还往前走。四川兵扛根大铁棍似孙悟空拿着金箍棒，飞快地冲上铁轨，用肩膀顶住横放的铁棍。火车如巨龙压过来，只听"嘭"一声，人被劈成两半，啊……血肉横飞。火车刚好在炸断处停住了。小张！我们跑上前，顷间，泪雨如注。

给你 50 元，把你那几个破章给我吧。

10 年前的一天，年轻人上门收购勋章。老万气呼呼，你晓得我受多重的伤流过多少血吗？我就是当乞丐，也不可能卖勋章！

我是较幸运的。话题岔开，老万像颗大苦瓜，恢恢地说，雄赳赳的歌声响彻云天，我刚结婚就瞒着家人参军。1952 年春被编入野战部队。到朝鲜已是 11 月，天寒地冻，我们的手脚都冻坏了。那天，尖刀营悄悄接近高地没发现敌人，立即有飞机来轰炸，地面还有猛烈的炮击，又有大批敌军进攻。我们以一当十，死伤惨重。突然，我感觉人飞起来，肚子一麻，失去知觉。一周后我醒来，已在黑龙江的某医院里。我全身剧痛，似从肚子那儿被拦腰截断。才知道我小腹中弹，肠子断了，右手肘骨折，还丢了几个指头。我经过 4 次手术，才接上肠子。

复员，首长抚摸我的肩头，你是残废军人，回去不要参加重体

183

力劳动。刚到企业参加劳动，我感觉很吃力。1958年大炼钢铁，我还和职工日夜奋战，劳累引发旧伤，又进医院手术。但这都是芝麻小事。

70岁的老万，黑，瘦，核桃脸。穿着脏兮兮的劣质西服，挽着裤腿，趿拉着拖鞋，走路颤巍巍的。半天，淡淡地说，几十年来我有抚恤金，尽管三个儿子哪，都得肝病先后死去了还欠一屁股债，但家里还能勉强度日。老万眉结有化不开的愁绪，我梦里不时和老战友相遇，有些战友的遭遇生不如死呢。收藏家脸上讪讪的，走进肮脏的小屋坐下，非常惊讶还说难以置信，您讲的我咋从没听说过？

老万用破搪瓷缸给客人倒水，脸沉一下，陷入不堪的回忆。1973年，县里开会让复员军人换证，我碰到戴7枚勋章的王青云，说报到处没他的名字。我带他到饭厅说明情况，食堂才给他打饭。青云怯怯地，没名字就回，明天我还要挣工分。

老万抬头，我们复员时首长宣布，回去不准谈论战争。我疑惑，青云是不是就此不敢说什么？他太忠诚老实啦！痛苦的心悬在老万脸上，青云身上只有3毛钱，我给他5毛去搭车。后来听说，青云是走回家的。只走十几里路就晕倒了。一个大娘端姜茶给他喝，还为他盖件旧棉袄。他半夜被冻醒，蹒跚着走到隔天傍晚才到家。他弟还说，哥患的怪病，有时一天发2次，有时两三天或一个多月发1次，只要他突然喊——丢炸弹了！就会立马倒下。一次，他到山上砍柴晕倒，醒来就如个蚂蚁窝；49岁时，一次晕倒在江里，就成水鬼了。

收藏家是个诗人，居然吟颂起黄昏暗香浮动的梅花来。老万的眼泪似乎早流干了。我于2003年秋，去探望袁同生。在一片红砖白墙中，只有战友家漆黑的外墙裸露着。他在门口，瘪着嘴，光着脊梁，在制蜂窝煤，愁眉苦脸地说，家里早年建房贷款，银行追得紧，后来连老母猪都卖了还债。他头摇得如拨浪鼓般喊，我那十几枚军功章顶啥用？以前每月才发15元，现在也只有55元，能干吗？忽然猛烈地咳嗽，竟咳出血。一年后，他的侄媳说，袁同生儿子欠农业税，要扣他抚恤金。袁同生去乡政府评理，这是我用命换的，凭什么扣？他得肺癌很绝望，独自跑到河边，喝一大瓶农药，死时手抓地，把身边的草都扒光了。

老万"啪哒"放下杯子，哀声叹气，我也受重伤流大量血也吃尽苦头，但比起他们，真的没什么。收藏家欣赏老万，也许，人生最难跨过的是自己嘛！老万浑浊的两眼突然放光，苦笑着，那是我的战友保家卫国无私无畏的精神，与日月争辉，照耀我。

老万手里的香烟在抖，声调激昂，一次，敌机炸断铁路，火车急刹车还往前走。四川兵扛根大铁棍似孙悟空拿着金箍棒，飞快地冲上铁轨，用肩膀顶住横放的铁棍。火车如巨龙压过来，只听"嘭"一声，人被劈成两半，啊……血肉横飞。火车刚好在炸断处停住了。小张！我们跑上前，顷间，泪雨如注。

收藏家忽然爆粗口，骂谁？他捏几下鼻，低头默哀般，一脸的悔意，老英雄，你的勋章价值极高，我买不起！回去把收购经历写博，很多人转载。

10年后，健在的极少数的老兵都享受好的待遇。老万拍拍胸膛，尤其自豪，时间慢慢消逝，但老兵不会死去。

人民英雄永垂不朽！

瞄　准

　　王奶奶在二十世纪四十年代光荣加入中国共产党，是久经考验、德高望重的老党员。今天是党的生日。上午他们一起来到她家中，热切地围在她身边，倾听她的"红色记忆"。她语重心长，教导大家："党风转变，就要通过群众这座桥，从每件小事去体现。瞄准与射击这两关系要学会处理好。"

　　王大队长将一面崭新的党旗展现在大家面前。已94岁高龄的王奶奶双眼含着泪，慢慢握拳举在头顶，嘴上念着："我志愿加入中国共产党，拥护党的纲领，遵守党的章程，履行党员的义务。"见到此情此景，小刘等几位新党员不由得也举起右手，跟她一起重温入党誓词。

　　王奶奶在二十世纪四十年代光荣加入中国共产党，是久经考验、德高望重的老党员。今天是党的生日。上午他们一起来到她家中，热切地围在她身边，倾听她的"红色记忆"。她语重心长，教导大家："党风转变，就要通过群众这座桥，从每件小事去体现。瞄准与射击这两关系要学会处理好。"

第二辑　大　厨

从王奶奶家回交警大队，一个警察前来报告，说在解放路挡获一辆无证驾驶的摩托车，车主叫杨白劳，和白毛女的爹同名同姓。清晨他借辆摩托车，载200多斤四季豆，前来沿街叫卖。依照交通规则，杨白劳无证驾驶摩托车被处以行政处罚拘留3日。可他的200多斤新鲜的四季豆如何处置呢？

新党员小刘建议，通知他的亲人领回由他们帮着卖。但消息很快回馈过来，他是单身没人能帮。几个小战士摊开双手作无可奈何状，说让四季豆烂掉算了，一小战士喉底还嘟囔着说，这糟老头子无证驾驶还粗言野语，没揍他几下子，下次仍会违规操作。这时王大队长郑重地说："今天'忆红色经典，承革命传统'，就要做出实际行动了，而不是只在当时举举手，念一念誓词走过场，"他面向小刘问："你说是吗？"

"卖新鲜的四季豆，1斤1块5毛。"下午3点钟后小刘下早班，就带领两名小战士，用警车把四季豆拉到中心蔬菜市场，扯开喉咙吆喝着叫卖。

王大队长的家属倏然骑着电动车过来了，她咯咯咯笑着喊："奇了，农民无证驾驶被拘留，交警开警车帮忙卖菜。"她一下买了20多斤，说要分给宿舍楼的邻居们。

这时，一位老大爷也走过来，笑呵呵叫声小老弟道声辛苦，说太阳已西下了，你们就便宜点卖，1斤1块钱吧？

小刘看着200多斤的四季豆，心里着急。况且他满脑子已都是南非世界杯足球联赛。同来的小战士虽不敢吭声，但小球迷头脑里

与梦同行

正在想什么,他心中也明白。"昨日葡萄牙队对日本队,很想他妈的再看一遍。"心里头顿时有一个足球不断翻滚着。

只是此刻,小刘仿佛觉得王奶奶就站在身旁说着话:"党风转变,最迫切希望小年轻们从小事做起啰!"此时,他耳边也响着王大队长具体安排卖豆时嘱咐他的话:"小刘,我已瞄准了目标,但射击得好不好就看你的啦。"如听见空中有人敲响了一记警钟,小刘霎时感觉肩头沉重起来。俗话说得好,响鼓不用重捶。小刘这年轻人头脑转圈快,立刻想出一个好办法,把四季豆分成三份,各人摆一摊,并且拉开一定距离,分开叫卖。他吩咐两个小战士:"别卖高也别卖低了,尽量多给杨白劳卖点钱。"

菜市场里的人,听说交警为违规的菜农卖菜,感觉挺新鲜,有人兴奋地说,如今作风大变样,交警向着咱老百姓呢。围观的人一下兴高采烈起来,不管需要不需要的,都纷纷掏钱买了一些四季豆。那些四季豆很快就被买光了。

又一天早晨,小刘上班后去了一趟拘留所,把卖四季豆所有的钱交给杨白劳,还对他说:"阿伯,宁可我们交警再辛苦一点,也不能让你们老百姓多损失一分钱啊。"正在接受3天拘留行政处罚的老汉,接过324元钱时已泪流满面,深受感动哦,哭着说:"我从没听说过有这么好的交警呵!你们这样待我,我一定好好改正自己的错误,当一个守法的公民。"

小刘也有点被自己感动,眼前恍然看见那面鲜红的党旗在迎风飘扬,他笑了,飞快地朝大队长办公室跑去,高兴地向他汇报无证驾驶摩托车老汉说的那句话。

王大队长霍地站起身，一下扔掉手中烟头用力踩，然后说得意味深长："王奶奶不愧是当年那位百发百中的神枪手哟！她针砭时弊也够狠够准的，批评我们多年都在谈党风转变，只是端着一根枪一直在瞄准……"

糊涂脸水聪明枕

表弟拍拍腰包，我不怕花钱。

我不乐意了，你让我去行贿害人，教人腐败吗？

这是两码事。

你不是痛恨贪官吗？还要制造新贪官？！

夏日炎炎。我办公室的空调开到最低，心里却依然是火烧火燎的。

我妻子的表弟，刚才急火火来找我，说他儿子离某校分数线只差一分，要我帮他通融通融。

表弟瘦高个，戴着白框眼镜，很斯文。泡茶时我听明白了，反问他，你要我去走后门？我想，人心都是肉长的，亲戚间互相关照，这是很正常的事。只是这表弟一贯反贪，言辞尤其激烈，今天一反常态，我才这样问他。

表弟拍拍腰包，我不怕花钱。

我不乐意了，你让我去行贿害人，教人腐败吗？

这是两码事。

你不是痛恨贪官吗？还要制造新贪官？！

表弟哑口无言，无力地瘫在靠背椅上。一会儿，挺直身子，煞有介事地批评我，有人说你一根筋，这是你只当气象局小局长的原因。你别木鱼脑袋不开窍，这回是我独子要上学了。他喝下大口的矿泉水，强调，姐夫，我只这一次！

你一次他一次，腐败就是这样造成的。

大家不都是这样吗？那些开发商、企业家，都靠这一手成了大富翁。表弟开导我。

我自以为做人不差。几十年来，做工作扎扎实实，问心无愧地做个芝麻官，就反驳他几句。也一口回绝他的请求，我和招生办的人很熟，只是没法帮你。

表弟气得脸歪眼斜，一触就爆的样，抬腿就走，"噔噔噔"下了楼。

那夜，一轮新月，转朱阁，低绮户，照无眠。朦胧中我跟表弟打照面，他剜我一眼，骂我老土。

你也是说话挺精明而做事让屎尿撒一地的。我不满表弟跑不出做人的怪圈，责备他，你走后门，就把你反贪的言行一下都击破了呵。你明知是错的，却仿效，当成处世哲学，成功宝典。有些事情越搞越糟，就跟你这样的人有关的！我将他一军。

我也看他一副护犊情深的模样，和蔼地说，谁不疼爱孩子啊。我们父母始终在做着重复的两件事，爱和守护孩子呗。那么，对别人的孩子也要有爱呵,不要为了自己的孩子升学,剥夺别人的入学权利。

天刚亮,我一骨碌起床,洗了脸却丝毫不糊涂。顿足,对妻儿讲,由他骂去。

为什么有的人说一套却做一套呢?

上班,我闷闷不乐。得知市委副书记谈武炎被拘,我发问。

刚巧,表姐娶媳妇宴请亲友。那晚,我和表弟都上贵宾席。一人一张臭脸,我凑合着坐下。

表弟那一套又来了,事实胜于雄辩,检察院从谈武炎床下搜出很多钱。接着,他大声谴责谈武炎每次开会,都大张旗鼓地反贪反腐,自己却是令人不齿的一堆臭狗屎!

表弟愤怒的眼睛就像荆棘丛中的一堆火,一腔愤怒的口水冲垮堤坝,哗啦哗啦,简直把贪官淹死了。他大骂谈武炎,不仅要千刀万剐让他断子绝孙,还要再踩上一脚,叫他永世不得翻身。说时,还真的把脚抬得老高,跺一下。

席间,我也不屑,谈武炎自认为高人一等,糊弄百姓也糊弄了自己,才会遭受牢狱之灾。

突然,表弟跑上台高举起手,如自己在娶老婆般,很兴奋地"噼噼啪啪"鼓起掌来,这是我们老百姓最欢欣鼓舞的事儿。又跑下台,挨个和亲朋好友干杯。

干么,这是外甥的结婚喜宴呀,神经病。我嘀咕。他喧宾夺主的颠狂举止,搞得亲友们面面相觑。

与梦同行

我们也不能说一套却做一套！

表弟折腾回席位，我招呼他吃菜，黑着脸膛说，你去读读"糊涂脸水聪明枕"的古谚。

星期天表弟上我家，大声叫姐夫，要是我儿子开后门读中专了，就挤掉一个上线的，这不公平嘛。

在我的书房里，他踱来踱去，畅谈古谚。人在五更初醒时，良心呼声最高，头脑如月儿清朗，心灵神圣得如月光普照大地，公正无私。但当人起身盥洗，立刻十忘其五甚至险诈百出。好在"聪明枕"啊，让我的心如一轮明月高悬。

嗯。我又不客气地说，那些走后门、以权谋私等背离公正的行为，都叫狡诈！

妻子递给表弟一杯蜜水。他猛喝一口呛着，咳咳咳，眼神刷地变了，脸色惨白，声泪俱下……当年……我考取复旦，竟被高官的女儿替代。从此深恶痛觉社会的不公，就对以权谋私等行为恨之入骨，才每每言辞犀利呵。

噢，你是深受其害的，更不能重蹈覆辙。哈哈，那天还骂我一根筋呢。我目光如锥：做官为民，偶尔把自己当例外的，都是特权思想在作怪！

枫林染色。表弟两道怒冲冲翘着的眉毛似小斧头似的，说得干脆，人生如果走错了方向，停止就是进步。他让儿子去复读了。

表弟是个杂志主编，撰文嘶声疾呼，社会意识形态领域的，倘若怂恿人们认为自己特殊，是非常危险的事。我们自己更不能特殊化，那会颠倒众生，扰乱社会秩序的。那天我们几个人一起喝茶，表弟扶正眼镜，拍拍胸脯，平息反贪喧嚣，先检点自己！

一场豪雨，大地格外清新。我还忧虑重重。但公正机制和良善社会的大型广告俘获了我的心。

无功受禄要红包

他满脸鄙夷，身上的几处肉团抖动着，暴躁地挥着拳，爸，其实你很贪。那时，你同学的儿子卷走银行几个亿，你嘴里"啧啧啧"夸他行，那夜，你幽幽闪着贼光的眼神，分明让一个字深深钻进我的脑袋里。

你……听了我跟你妈的谈话？

儿子再说的话更叫我如雷轰顶，从此，整天想着赚大钱，才会在把持工程质量关时向人索要几笔巨款。

我手气好买"六合彩"又中，心里正甜滋滋的，十岁的孙子走过来摇着我的手指拍我，爷爷，给我红包！

吃过晚饭儿子又要去上网了，我咳声说，我每次中奖，你儿子都讨红包。这……你……

我只瞧一眼，发觉儿子已变得很丑陋。我寻思，以前魁梧俊美的儿子才是我的骄傲啊！那时他年纪很轻已是建筑行业的高工，在国营大企业里既负责工程设计又全权指挥现场施工，领导预示他前途无量。

我呢，原在市里掌管个部门，在位多年我总是对人表白，我不像别人那么贪，会不时伸手向人要钱要东西。只是也有人有事求于我，家里也就有人送烟送酒送红包。不记得从什么时候开始，儿子手上也有人送东西了。我揪起记忆那根长线，便看见他后来被剃成光头的进了高墙门……真的，至今我没弄清他怎的会出事呢。

儿子瞧我有些焦虑的表情，脸抽搐一下说，爸，你孙子是受人影响。儿子走到净水器那儿取水，猛喝一口说，谁不耳濡目染？我同学小狐仙使仙法，她老公升处级她弄个副科，如今在大把大把地抓钱。半天，他带着莫名的愤怒又说，中心广场那块地原计划建图书馆，可开发商一个报告就让高档公寓拔地而起，经办的轻松得几百万！他情绪有点失控，那身赘肉压得木沙发"咿咿呀呀"的呻吟。失神地坐在那儿一直揉眼睛。

以后我中奖就不让孙子知道。孙子噘起小嘴。

那天我把这情况告诉儿子，他勉强一笑，你不让他知道才好，话锋一转，拿我开刀，爸你常说你不随便向人家要这要那，即使替人家办了事也不会狮子大开口，而有人送东西上门你不也收了？还有，你常参加一些活动，不也是把大包小包的礼品以及红包往回拿？

我欲做点解释，他拦住我的话头毫不客气，你孙子是得你的"真传"，才无功受禄要红包！

第二辑 大 厨

我？

儿子说得似乎有理，我却觉得我没什么过错，也就无所谓他把责任推给谁谁谁。

开学了，孙子一天叫住我，爷爷，你不要买"六合彩"，我也不要红包。他的班主任请我去学校，说学生讨论春节收受的红包要如何安排，你孙子说，每次爷爷买"六合彩"中奖，他都要红包。老师语重心长地说，你孙子知道许多家庭买"六合彩"搞得妻离子散，家破人亡，虽不大懂得道理，但他说回去要教育爷爷。

乖乖！我抚摸着孙子的头，感谢老师的教育太给力了。

一天早晨，儿子胡乱刷完牙对我说，爸，我跟你学学，说不定会中大奖。

我像被谁卡住喉咙，身体顿然跌落椅上，慌乱中大叫，儿啊，你若是迷上"六合彩"，我就别想活了！

愁绪包围着我，我放低声调说，流过泪的眼睛会更明亮，你怎的越发糊涂？他甩甩肥大的膀子应道，想挤狮子的奶，就要有非凡的胆识。你忘了我还欠人家的债。

那是那年他从高墙内出来，工作没了，老婆离了，又赤手空拳承包大工程陷进去，负债累累。

你整天玩……哪来钱？我坚决反对。

他满脸鄙夷，身上的几处肉团抖动着，暴躁地挥着拳，爸，其实你很贪。那时，你同学的儿子卷走银行几个亿，你嘴里"啧啧啧"夸他行，那夜，你幽幽闪着贼光的眼神，分明让一个字深深钻进我

与梦同行

的脑袋里。

你……听了我跟你妈的谈话？

儿子再说的话更叫我如雷轰顶，从此，他整天想着赚大钱，才会在把持工程质量关时向人索要几笔巨款。

一阵局促，我眼神躲闪。

我找着儿子问题的症结了。

只是回首往事我突然懵了，自己为官清廉，当时怎会夸那人行？

鬼迷心窍耶！

父母的言行和后代的平安幸福关系如何？驻足一而再、再而三地思索，我开始谨慎于自己的言行。从那天起，不管我有多么技痒，哪敢再碰"六合彩"一根毫毛！

儿子呢，却从我的梦呓里套出密码，把卡里仅有的钱全部取走，那日投注了十万元，哪有我的手气好。

今后，一家人靠我那点退休金如何度日？额前一晃而过，我犯罪的同事在绝望时，那种眼神空洞黯淡脸色死白死白的惨样……

梦里，老婆子挣扎着从墙上走下来说，老头子啊，春节到了，记得给小朋友发红包。都是你！我突然蹬鼻子上脸，破口大骂，当年我只要出一下手，什么东西会没有？

但"清源"净水器过滤芯的作用启发我。为剔除污染，我将收受的礼品还有红包等，如数交给市纪委。

第二辑　大　厨

工会主席

　　但在这节骨眼上，工会主席跟以往一样，不听工人说句话，唯命是听一个人的，那人说阵风，他立即搓成丸；那人竖杆旗，他就是只敏捷的猴孙往上攀。工人睁大眼看他的拙劣的表演。

　　有没有搞错呀。

　　大清晨，我见邻居顺喝着白稀粥，只用几块黄萝卜干下饭，就瞪大眼：什么年代了，还用蓝花大海碗吃饭！

　　装穷？

　　我有心走近他问个究竟，脚不听使唤。

　　诨号"聋子"的，在厂长"松绑"那年，就以高超的"合作"天才，窃取我工会主席位子。我被下到车间当主任。一动心中那怨结，我觑准那张哈叭狗嘴脸，骂声"工贼"。

　　可顺又有种特别的能耐,耳朵聋了般。这便是他获得雅号的来由。

　　如今，什么没假？但我厂半年发不出工资却是真的。工人勒紧裤带上班，上午，小李晕倒在冲床下。我和几位工会干部只得放下手中的活儿，去找厂长。

　　很气派的厂长办公室,坐着小个小鼻小眼的胖厂长。他不理我们，起身溜出去。"聋子"拱起屁股跟上。

与梦同行

厂长在走廊上踱来踱去，吓声，你么，说货款没收回，我没办法。

工人们口干舌燥，"聋子"只捧一盅香茗，敬献回来落座的厂长，满脸堆笑：是啊是啊，三角债厉害哩。

工人们叽叽喳喳。我说厂长你饱汉不知饿汉饥，你住有空调吃上酒楼玩进歌厅舞厅，怎不为工人生计想想？

但在这节骨眼上，工会主席依然不听工人说话，唯命是听一个人的，那人说阵风，他立即搓成丸；那人竖杆旗，他就是只敏捷的猴孙往上攀。工人睁大眼看他拙劣的表演。

这会儿，厂长蹯脚坐上很气派的经理椅，眯眼旋一圈，又把鳄鱼皮鞋放在桌面悠悠地晃。

几个工人坐不住了，我欲上前讨说法。"聋子"感到气氛剑拔弩张的吧，就"嘿"递支烟，点头哈腰为厂长点着。

厂长吸一口才微睁眼，但骂声什么掐掉烟。去。告诉工人同志，要支持领导工作。一个"哈嘘"钻进铁门后的休息室。

对对对。厂长正在想办法呢。"聋子"慌忙应声。

我看他那熊样唾他一口，恨铁不成钢，说走吧，这人没救啦。

操他娘的"大臭人"！小李忿忿地用闽南方言骂"聋子"。尽管他不会听不懂谐音歧义，可他已让自己那张脸，甘心情愿、甘心情愿地做别人痰盂，仍聋了般。

中午，工人在车间的角落里，围在一起用饭，小李说厂长要我们。"聋子"走进车间拖我臂膊，藏头露尾：主任啊，厂长说应酬花费大，产品要少进库……双手比划一下。

小李这愣头青，托着饭盒走过来，撞了"聋子"一下，别打小报告就好,还……工人一呼百应围上前,唾骂这小子吃里扒外。

大热天,趔趄倒地的"聋子"被谁撕掉了上衣,裸着胸脯,肋骨根根凸起,一把琵琶儿似的。他趴起望着我的眼睛,你们不知……想从厂长那讨……简直是……往鸡腿上剜……

他说不成的话,没在我脑里形成印记,倒是有关仓库货物进出的"小道消息"摄住我的心:不是说那10万元货款没收回?我喝退摩拳擦掌的工人们。

是啊是啊。但不是。他爬起来想快点溜。

我气急地说,偷税漏税别说,只说这产品是工人劳动成果……

对对对。他答。

此刻,我如获至宝抓住时机,和工人一起写信告到重工局纪委。

可泥牛入海。

这天,工人们站在车间大门口。我抽着烟,苦恼无法领到被厂里长期拖欠的工资,小李说,上帝救不了我们。看来,只有弄出大声响损点东西或伤个人什么的。

恰好"聋子"从车间门前过,我急忙捂小李的嘴。好在顺依然像个聋子,不相干那般走过去了。

那天,我生病在家,想起破坏性动作,觉得刀伤药虽好还是不破手为高。突然,小李跑回来喊:"聋子"不聋喽!随后,流下泪水说,厂长家好几张巨额存折被盗,又说"聋子"去自首。

这是现实!可我怎能把一个人两件事扯一块?

但探监时,"聋子"顺着工人话尾说"老百姓只要有饭吃,就不管谁来当皇帝,我豁出去了"的话,为我破解他用蓝花大海碗喝

199

稀粥充饥的谜底。

我为顺请最好的律师，厂长就被盗巨款来路不明被立案处理，因重大经济犯罪案被抓入狱，我顶厂长的职。

工人们轮流去探望顺，小李向顺道了歉。新年，我和工人们一道，动真格地选顺为工会主席。虽然他暂时缺席。

二十多年前的事情今天提起，我觉得很有必要。

航

司机又提醒我：“你真的是赶路的话便要绕道走。虽多走点路，但这却是最快的方法。”

"绕道走。"我果断决定。

我和公司销售部经理出去跑项目。那天，离一个项目签约时间只差几个钟头，如果等销售部经理一起前去，恐怕就来不及，于是，我自个冲上公路拦截一辆计程车，吩咐司机："我的时间很紧迫，拜托你走最近的路！"

说了不怕人见笑，公司里的职员都说我是个温良恭俭让的老板，但他们想不出，只要我一开车上路，就恍然判若两人。一坐进车里，我心就堵得慌；一有重要事情要办遇上交通阻塞时，我就烦躁不安；如果碰到有人插队，我就怒不可遏。一次，有人猛按喇叭争道前行，一下刮伤我的车还瞪着我，我马上情绪失控，大发雷霆，竟在大庭广众之中跟他大吵一场。

转眼间，司机问我："老板，你要走最近的路，还是最快的路？"

我脑子反应不过来一时语塞，好奇地反问："最近的路不是最快的吗？"

那司机哼声，忍俊不禁开导我："当然不是了，现在是路面最繁忙的时刻，最近的路正是大家最喜欢走的路。大家最喜欢走的路，就会造成拥挤或堵塞。假如大家互不谦让，争先恐后，就会发生摩擦、争吵、甚至斗殴，更加剧了交通瓶颈水泄不通。"

就此，我永远忘不了小时一次抄近路的教训。那晚夜已深，我们去看露天电影回村，许多人都按原路而回，我独辟蹊径，踏上一条自认为很近的路。听见身后有人嘀咕，这条路是很难走的，又听见另外的人七嘴八舌说，难走的路才是近路。只听见密集的脚步声跟上我。我们穿过大片高粱地，艰难地爬上荆棘丛生的山坡，飞也似的下了道山梁，我一颗心霎时像悬崖勒马般吓一大跳：哇呀，面前竟是一条又宽又深的灌溉水渠，渠上一座桥已断，水流湍急。我们这群十几岁的旱鸭子没法凫过去！这一夜，想抄近路的人都被条深渠挡住。我的回忆急刹车，便对司机点了点头说："我走最快的路。"

司机提醒我："你真的是赶路的话便要绕道走。虽多走点路，但这是最快的方法。"

"绕道走！"我果断决定。

我思忖着："是的，如今世界光怪陆离，颠倒众生。城市像一锅

与梦同行

沸腾的水,每一个角落都车潮涌动。所以出车时我们除了要选择近、远路,还要考虑快慢之效率问题。不然,有时慌不择路,一不小心动作慢点,要办事时往往黄花菜早就凉了。"此刻,我不是否定自己当初抄近路的好奇及勇敢,我正视我正在赶路的现实,只求最快到达目的地,我便告诉司机:"请你把车拐上远点的那条弯路吧。"

我乘坐的计程车上远点的路,绕道走了。

毕竟走的是弯弯曲曲的小路,路面遍布着大小不一的坑坑洼洼。拐入山路时更是崎岖陡峭,司机再次喊我:"老板,请系好安全带!"

我瘦瘦而轻巧的身体,坐在车上有时摇来晃去,有时弹起来又跌落下去,不时张嘴"哇哇哇"。

更有频繁的上下坡。上坡时,我的心立刻上升起来悬在半空,一会儿再随着下坡幅度坠落下去。

……

然而,走这条远路,居然畅通无阻。

加上这位司机技术过硬,轻车熟路的,便使我们的车如鱼得水,游行自如,一路顺风。刹那间,我突然感觉自己如一只搏击长空的雄鹰,在海阔天空中自由自在地飞翔,我的心情从没有过的惬意。

这惬意令我感觉格外的意外——

那时我神奇莫测地,快速到达了目的地,不但抢在公司销售部经理前面到达,而且更值得一提的是,我抢在几个竞争对手前面到达,捷足先登,和人签了一份大额销售合同。

回程路上,我高兴极了。就在这时,我们望见刚才赶路的途中,不远处有条街堵塞得水泄不通,一隅之地里有人争吵,粗言野语不堪入耳,我还听见有人喊得声嘶力竭:"挤死人,挤死人了!"司机徐徐吐口气说:"那一条正是最近的路。"

"哪里"?我不让司机知道我以前遇到车被堵时,鲜为人知的"暴君"丑相,我静若观火。

扶 门

扶门,我认为做的最好的是我爸。我爸到哪儿都受到欢迎和称赞,应该是他的一举一动都有不为人知的标准吧。

人生最美的抵达,有的人永远不能。

我在十八年前完成博士学业,来到沿海城市教书。哇,初来乍到,还没走到门前,就有人面带微笑帮我开门,并扶着门,让我满足地穿了过去。后来遭受冷遇了。我留心观察,慢慢发觉,不论是在学院还是在附近商店,都很少有人像我这样一甩门扬长而去的。

扶门,我认为做的最好的是我爸。我爸到哪儿都受到欢迎和称赞,应该是他的一举一动都有不为人知的标准吧。我到学院不久,随他去国外,出去吃饭经过个小门,我爸脸带微笑,本能地向后退一步,让所有的人都过去了他才过去。我茅塞顿开,哦,原来有个"扶门"的潜规则哩!立即明白了被人冷落的事理,也开始"扶门"。

与梦同行

　　这天,我坐公交去做社会调查。在后车门上的单人椅坐个女孩儿。上来位大妈她就让座了。没多久,一对老夫妻要下车,请女孩去坐他们的位,她才跳到空位坐下。我见她右脚跟露在鞋外头,猜测她脚受伤了。她是身体不舒服吧,头靠在前面坐椅的后背上,似乎睡着了。

　　半路,上来一个男子,站在女孩儿边上,一会儿就喊,我年纪大了,谁给我让位?许久,女孩稍微转身抬起头,忽然像见了鬼浑身发抖……随后,两人发生争执。

　　——下一站轮渡站,请要下车的顾客做好准备。车晃一下停了,这穿灰西装戴黑帽的男子忽然拽住女孩,挥几拳打在她身上,立马跳下车。车门关闭,女孩哭着喊,你说一句不就妥了,还打人!

　　我目睹打人场面,脑筋如陀螺转动,让座是一种美德不是义务!这年近五旬的男子,本应阅历人生无数,懂得拿起、放下,没想到他……马上想起我爸,活得有声有色,老了还很有人缘,那是为什么呢?

　　晚上的电视新闻,转播了公交车上这几幕,我和我爸印象都很深,这男子一边脸颊有个大蚂蝗般的疤痕,面目狰狞可怖,叫人一看,立马会倒退好几步的!居委会的在答记者问,他在学校表现不好,从小常挨父母打骂。当兵回来,每到一处工作都为打架的事被辞退。他满口粗言野语,儿子小时常被他打得鬼哭狼嚎般。前几年在家带孙子,天天喝酒,不时到小店赊账再让儿子去还。前年,儿子带家人出外打工他没生活费,就变卖家里的东西,搞得家里只剩台黑白电视了。他几乎没朋友,邻里关系又不好,整日只有跟电视机相伴。那天他说,儿子不赡养他,要跟儿子打官司……

第二辑 大 厨

我看见严冬季节里,在树梢瑟缩抖索的一片枯叶子。这是长期很有物质、精神需求的人呀!我豁然大悟。早过古稀之年的爸爸说,这人缺少爱的滋润值得同情,而他用暴力方式来达到索爱的目的,不对嘛。作为研究行为科学的学者,我深有感受,写篇《扶门》发在白鹭晚报。电视新闻也介绍我的文章。我说爱是不可或缺的东西,而让座只是种爱不是责任的话题,在社会上引起普遍反响,我的家人说,走到哪都听到人们在热烈地讨论这个话题。

在我和我爸谈"扶门"的那阵子,这男人又上了公交。这次没戴黑帽,头发剪成齐整的板寸,换身洗得发白的旧军装,上车后有点儿忐忑不安的样,坐得好好的有时会突然站起,脸上带着尴尬的笑意。他见一个走路颤巍巍的老爷爷欠起身,似乎想换个靠前的位,他两眼顿时发亮……过后我爸说,那人像一位潇洒的绅士,站起身轻轻地退出位置,接着"嗨"了声,右手掌心向上,往外一摆,说请坐!他皱巴巴的笑脸迎着我,搀扶我坐上去,我感受到这矮子的一番真情实意……巧遇?我感到奇异,爸,你认错人吧?我爸立刻回答,他脸上有只"蚂蝗",即使脱胎换骨,我也认得。

这人还是懂得点"扶门"的规矩啦!我欣喜。是我的《扶门》启迪人了吧。觉得如此联想也许是牵强附会,不过我的心得到了安慰。我说,我要让更多的人了解学院的传统,凡在公共场合有门的地方,走在前面的推开门后,都要回头看有没有人跟进。有人时,要扶着门让后面的先进去;后面进去的,也总要向扶门的道声谢谢,并接着扶——

我爸这才公开"一定要先做个好人"的秘籍,笑眯眯地说,女儿呀,人生最美的抵达,不言而喻。

凌丁老爷爷

人们始料不及的是,凌丁再婚了。那天,在城里的公寓里举行婚礼。人们趋之若鹜,连小区前的街道都被堵塞得水泄不通。人们太过于惊奇了啊,不可思议,太不可思议哟,和凌丁结婚的同龄老女人,还带来个更老的女人!听说那是老女人差不多用一生陪伴的主人。

凌丁垂着变形的右手,左手携带一座"别墅",走上漫长的山路,汗珠扑籁籁滴落在1700级石阶上。他又来看老伴了。

他们以前都是附中教师。有的教师说,凌丁年轻时相貌英俊歌儿又唱得好,他老伴常靠在椅上听着听着,忘了锅中还炒菜呢。

谈起曾经同甘共苦的幸福生活,凌丁眼圈红了,她爸妈在部队当官,自己条件也很好,而她在我最困难时选择了我。

那天,回国探亲的女儿说,爸,妈走了,宿舍您已住了四五十年。我买了套房没人住,您老搬去住吧。凌丁不乐意,我习惯了。再说我去找你妈说话,路也近些。

凌丁不搬出去,对友人说,我老伴总会在墓园和我絮叨,老头子啊，我们一生清贫，最最最值得慰藉的，是儿女出国深造都卓有成就了。你就搬出去吧，我才宽心啊。只是每每从墓园回来，我似乎感觉她的魂灵随我回了家。如果搬出去怕她找不着哇。再说，以前没钱买房住的简陋，如今我独自享福，心中有愧哩！

友人神秘地说，我们民间的习俗你可以仿效。你到殡仪馆订座漂亮的"别墅"，选个好日子到她墓前烧了，她在阴间就有别墅住，你过世了也能与她同住嘛。

这一来，我就还我让她住上好房子的心愿啦！凌丁泪光闪闪，连夜托人去订一座"高级别墅"了。

冬日，天蒙蒙亮，凌丁已爬上山。他喘着粗气，把"别墅"端端正正地安放在老伴墓前才抹把汗，然后，脸贴着墓碑轻声呼唤老伴，我为你圆梦来啦！

老伴，你记得"文革"不？我被造反派关进牛棚你来看我，我俩抱头大哭，我劝你另找他人，你把眼泪一揩，让我保重身体，记住有人始终在等着我。

老伴啊，你还记得不？那天造反派又批斗我，我被人从高台推下右胳膊断了，鲜血淋漓，没得到及时医治就落下残疾。你听到消息急坏了，马上请了假，到"五七"干校来看我。

凌丁在墓园专门设置的焚烧坑里焚烧"别墅"，嘴里呢喃，那天巧遇台风，山洪暴发，泥石滚滚。你死里逃生连滚带爬赶到我面前时，我几乎认不出你了。我紧紧抱着你，你上气接不了下气说的话我还记得哩，你说，你再也不离开我了！那晚，你就在"五七"

与梦同行

干校里，和我私下结了婚。

凌丁烧了"别墅"。听见远处的松涛悲嚎着。望见一股旋风翻卷着脚下无数船形的相思树叶，摆动着凄然的舞姿。寒风冷嗖嗖吹拂着凌丁的脸庞。他老伴在十年前突发心肌梗塞，结束了患难夫妻的幸福生活，他形单影只，整日丢了魂似的。好像只有上一趟墓园，才能排遣心中的郁结。

时间悄然溜走，金色阳光下的墓园够迷人，凌丁挺直身子清清喉咙，又低吟起老伴最爱听的那首歌了。哼着欢快、甜美、又充满生活气息的东北民歌，令他觉得小鸟依人的老伴还偎在怀里呢，顿时，孤寂的心温热了。

人们知道这位70岁的凌丁，十年如一日，不论阴晴雨雪，每天都到老伴墓前唱歌的故事，被深深打动了。当地晚报报道了他们的感人爱情。这首歌的原唱、著名男高音歌唱家郭颂辗转联系到他，出差到江城还陪他上墓园看望他的老伴。

天空下着淅沥小雨，雨声浑似掌声助阵。郭松一展他高亢、悠扬的歌喉，为凌丁老伴唱起来，乌苏里江水长又长，蓝蓝的江水起波浪……紧摇桨来撑稳舵，双手赢得丰收年……

不觉云开日出。一只红蝴蝶忽然飞来，歇在凌丁肩头，久久、久久地不肯离去。

凌丁下了1700级台阶，踽踽独行回到空荡荡的宿舍，收掉远在异国他乡的那双儿女及其孙辈的照片，一扫往日的自豪和骄傲，心情惆怅无比。

人们始料不及的是，凌丁再婚了。那天，在城里的公寓里举行婚礼。人们趋之若鹜，连小区前的街道都被堵塞得水泄不通。人们太过于惊奇了啊，不可思议，太不可思议哟，和凌丁结婚的同龄老女人，还带来个更老的女人！听说那是老女人差不多用一生陪伴的主人。

凌丁举起残废的右手无力地驱赶好事者，对门前几个年轻人说，她们没人赡养，居住的老屋又塌了⋯⋯

水，源源流出

突然，从远处一个小门走出一位悠悠颤颤且和蔼可亲的大娘，头上银丝缕缕，满脸皱纹蕴籍着笑。她递上两支香烟，说声："老李、老王辛苦了！特别感谢你们。"还表扬他们工作上是先进，在家又是邻里楷模。

——烈属邱大娘！

当时建议设置压水井的人。或许，也是⋯⋯

小村，没有井和塘，几户人家的生活用水，都得到村外三五里地的小河挑，够累人的。有人提议打一口压水井。

于是，每户出一点钱，就打了一口。

与梦同行

压水井多好用啊！一压一压地，水，源源流出……

压水井像一口井、一个塘、一条河，丝丝清凉，滴滴甘甜呢。大伙围着它笑。

只是好景不长，问题来了。那东西要出水，得先引水。第一个压水的，总得先端出一盆水往铁管倒。老李是个卖菜的，起得最早。因此，每天都是他从家里端出一盆满满的水做引，然后压回一桶桶水。大伙，就紧跟在他屁股后一个接一个地压，提回一桶桶水。天天如此，已成习惯。一天，老李家里没有水，便想起大伙："喂，哪家有水，请端一盆来。"

问题就出这节骨眼上，周围的大伙都不动声色，气死牛！

就是在这一刻，人之间的相互理解和支持，显得多么珍贵，宛如金子。而小小的要求，迎来的是大伙不以为然的目光，他似乎被人捅了一掌，身子往后一晃，心中的天平剧烈地摇荡。

"不就是一小盆水吗？"老李说，"岂有此理！"

本想问一声："我李某天天引水给你们压是天经地义的吗？"但他揣测话说出口要遭白眼，就把话咽回喉底。不过，一支不满的鼓槌有节奏地急促地敲起心鼓。

这时，他正急着用水。挑起担子朝河边跑去，满头大汗地挑回一担水，先让压水井喝半桶，压出水来，也让别人一个个接着压。

一般人哪会想到，人的心灵有时说多娇嫩就有多娇嫩！人往往为了一个伟大事业，义无返顾地走自己的路，不管别人怎样，偏不能为一件芝麻大的生活琐事平心静气而耿耿于怀。老李就是这样的人。他回到家，心想："这水，家家离不开它。我家也不例外。我每天除了便利自己外，还确确实实为大伙提供方便，而从来没人对我道过谢。"没回报的投资，使人顿生一种亏空感，他委屈十分，回头对李嫂说："明早我到河边挑水，让他们有好戏看！"

翌日，月亮还挂在树梢，老李就挑着水桶往河边走。心灰意懒地，只望一眼压水井。忽然，他犹如发现稀世之宝！淡淡的月色下，有一盆满满的水，在那里波光粼粼，盆边"军属光荣"四个字灼灼闪光。

"哪一位有心人？"他举目四眺……

一个箭步往前跨，他头脑里的东西如决堤的水"哗哗哗"："我引水为自己为别人，别人引水也为自己为别人，一样的！"他没小觑这一小盆水，把它看成是一种倾心的理解和无声的支持，深情厚意，含在口里甜丝丝，捧在手里沉甸甸，贴在心上，觉得比灵丹妙药更能医治心灵的创伤，使人还联想到长生不老药，多怪！他放下担子。心平了，气和了。

是捧着一盆晶莹剔透的珍珠吧？他小心翼翼地端起那盆满满的水。尽管端的是一小盆极普通的无色透明的液体，他还是思潮汹涌澎湃："如果我是一只小狗，我要踏实地守卫在这里；如果三天没睡觉没吃饭，我也心甘情愿……"他把脖子伸得长长的，表现出无我的慷慨大义。

猛然间，他感觉自己立在世界之巅，心胸开阔，高大无比了。一下子把那小盆满满的水倒进去，一压一压地，水，源源流出……点点滴滴，终于化成一口井，一个塘，一条小河。老李回想刚才那小盆胜过一大盆的满满的水，仿佛看见黄河一浪高过一浪的波澜壮

与梦同行

阔景观，那高兴劲就甭提。

人，就是这么一种高级动物，不仅仅容易感情失落，而且更容易满足。不就是一小盆水吗？它使人的空虚的精神与感情的枯竭，迅速变得充实滋润！他的思想插上翅膀，飞起来了。刹那间，他有个多么重要的突然想到："假如我每天压水时，先盛满这盆水，不就解决问题了吗？"他这样想也这样做了，天天如此，终成自然。村里就有了用不尽的水。

压水井好用也易坏。同村的老王，这位工厂的机修工，为了压水井的修理问题，也曾经历老李这样一番变化：压水井坏了一定等他修；请人帮忙无人帮时，想骂人又怕人说"能者多劳，历来如此"，反讨没趣了。也是遇到一位有心人，关键时刻帮他一把，让他修理好压水井，并抚揉了他愤愤不平的心，填补了他一时的亏空感。从此，他勤勤恳恳为乡邻，默默无言作贡献，让压水井的水源源不断。

这天，老李老王在井边相遇。老李说："压水井坏了，都是你及时修理呀！"老王说："这不，每天引水的事儿，都是你做的，真过意不去啊！"

"应该，应该。"两人笑眯眯。

老李嘀咕："要不是谁及时在旁边放了那盆水……"

老王也嘀咕："要不是谁及时送上一把扳手……"

"我们心里总是老大的不情愿。"两人异口同声。

"有心人啊，你在哪儿？"

突然，从远处一个小门走出一位悠悠颤颤且和蔼可亲的大娘，头上银丝缕缕，满脸皱纹蕴籍着笑。她递上两支香烟，说声："老李老王辛苦了！特别感谢你们。"还表扬他们工作上是先进，在家又是邻里楷模。

——烈属邱大娘！

当时建议设置压水井的人。或许，也是……

老李老王心里想着，嘴上"哪里，哪里"地一齐走上前，握着大娘手说："大娘啊，你儿子为保卫国家财产没几十年了，你仍然默默无闻，毫无怨言，我俩向您老学习啦。"

可惜大娘耳朵聋了，听不清，只喃喃："不就是一盆水吗？"

"有心人呐"老李、老王肃然起敬。

试 药

爸嘴里念叨，媛媛这条路走得好呵，却东拉西扯：女儿你不妨去追求最好，未能得到最好而是次好，次次好，也应坦然接受吧？

我读完本科去一家私企上班，每月工资不够自己偶尔的开销，妈苦笑，找个好的吧，我便成了"家里蹲"。最近，扫地擦桌椅我都懒得动一下，还餐餐等着妈喊我。吃完饭往往又把碗一放，钻进房里上网。哎……妈不说话，只叹了口大气。爸看着步入古稀的妈忙这忙那的，是心疼了吧，你看他瞧我的眼神，分明说我没指望了。

与梦同行

那天饭后，爸发现我躲在角落里喝药，一脸惊讶，你喝的怎么和我喝的药颜色一样呢？我嗫嚅，爸，看你一直往医院……

爸大叫，你怎么能替我做这种冒险的事情呢？赶快去医院检查身体！妈着急，她们都是知青，她到中年才生我这个宝贝，你……去医院坐在公交车上，我对妈咕哝，那天，爸拿回药说是补药。我哪不知道那是什么一回事儿。我眼里闪烁泪花，侧身看着坐在我座位旁的爸，叫声爸，万一你吃坏身体，我和妈怎么办？早在那黑得伸手不见五指的深夜，我看见红月亮出现在天空。我怕……我怕爸看到那个红月亮嘛。从噩梦里回来，我问爸，试药时你怕吗？听爸的回答，我笑着说，我也不怕。掏心窝的笑语，让爸妈老泪飞洒，欢然而笑喽。爸说，我不是在梦中！妈呜呜咽咽：别以为她没心肝，别以为她一滴眼泪要多久才能滴下来，别以为她心中只有她自己。我嘤嘤嘤地哭。

我到医院接受检查时，侧耳听见医生叫老校长，你女儿身体没大碍，私下问，她会懒散、冷漠吗？我爸恍悟，我也恍悟：哦。扫地擦桌椅我都懒得动一下……原来……随着我的小秘密被发现，一个谜底也被揭穿了，但一家人醒悟的那刻，我并没有解脱自己。不久前，我看见爸多次去医院。尽管他在我面前摆出一张笑脸，但我还是隐约感觉到他神情有异。说来羞愧啊。我个头比爸妈高，略施粉黛，打扮得体，只是精神萎萎靡靡的，如具行尸走肉。当我明白爸的神情是什么一回事儿时，急得如猴子扒耳搔腮。那天，才被机灵鬼缠身，跑去药店买了几瓶止咳糖浆，偷偷鼓捣到爸的药瓶子里，让爸爸"试药"。

我思绪抽回医院，看见爸拍着秃顶，差点跌倒，对医生叹息，京都的生活费用，怎的就这么高！爸说，他和老伴的退休工资都很低，为了赚几千元补贴家用，他才出此下策。略停一会儿，爸又说，这一年里，他冒着生命危险试过多次药，承受着药物反应的种种痛苦，苦不堪言呵。哈哈，后来，我适应了……

我们漂亮的女儿啊！妈骂自己老糊涂。我们三人抱成团哭泣，也只能抱成团取暖。看着垂垂老的爸妈，可怜巴巴的哭相，我低下头，他们已经很老了，还在养活我！心碎了：苍天啊，是我做女儿的太无能。一个激灵，心里翻卷个大波澜，突然揩干泪，像脊椎换了根钢筋，人站直了。

我们从医院回家，一起坐在小厅上，爸说，以前他们让我好好读书，我很听话也很用功。现在，他们觉得让我找好工作没什么不对，而空等好工作才不对。妈终于把埋藏心底的话说出来，你去学做事吧，不必在乎工资的多少。饭后，我坐在桌旁记日记：自以为没突出的能力更没有过硬的关系，感觉被人抛弃了。说穿了，我改变不了世界可以先改变自己嘛。

屋外夏雨狂獗，似是军鼓催人上战场。我嫌一万年太久只争朝夕了。我去家小厂上班，回来还帮妈择菜、洗菜、擦盘子，家里充满欢笑声。我窃窃私语，爸，我在单位只差没去洗厕所了。从小就很懂事的女儿呗！爸夸我了。我料到是他改变前些日子，以为我怎样了的看法了吧，才激动得浑身发抖。这不，爸妈依然把我当宝贝了。

业余，我去参加一些培训，只要有课，即便遇到刮风下雪也不落下一次。爸看见我考回的一摞资格证书，刮目相看喽。那天，我

与梦同行

去一家软件公司应聘，考官问，你有什么本领是我非雇你不可的？我满不在乎，你给我一款软件吧，几分钟内我就告诉你，它是否正版。我手脑并用，在电脑上装了考官提供的软件，啊……思维如闪电般敏捷，我熟稔地把方方面面的功能都一试，马上OK。我说，这是正版的。考官颔首。我立即被重用，工资也翻倍。

我复出打了翻身仗，每月工资如数交给爸妈，家里生活也打了个翻身仗，爸妈夸我是最漂亮的女儿。我难为情了：爸妈，我从小就是你们的好女儿嘛。妈笑得合不拢嘴。爸嘴里念叨，媛媛这条路走得好呵，却东拉西扯：女儿你不妨去追求最好。未能得到最好而是次好，次次好，也应坦然接受吧？

呐呢？爸，妈，我那次替爸试药，去医院接受检查时已经懂得了。对，没骗人的，偶尔，我还和几个宅在家里的同学谈谈心呢。我只是惊讶，爸说的话，怎么说到我心坎里去了呢？